Lottie. W. Kellogg

Och 20ᵗʰ /70

LE ROMAN

D'UN

JEUNE HOMME PAUVRE.

PAR

OCTAVE FEUILLET.

FOURTH EDITION.

BOSTON:
S. R. URBINO, 14 BROMFIELD STREET.
NEW YORK:
LEYPOLDT & HOLT; F. W. CHRISTERN
1870.

CAMBRIDGE:

STEREOTYPED AND PRINTED BY JOHN WILSON AND SON.

LE ROMAN

D'UN

JEUNE HOMME PAUVRE.

Sursum corda!

PARIS, 20 avril 185..

Voici la seconde soirée que je passe dans cette misérable chambre à regarder d'un œil morne mon foyer vide, écoutant stupidement les murmures et les roulements monotones de la rue, et me sentant, au milieu de cette grande ville, plus seul, plus abandonné et plus voisin du désespoir que le naufragé qui grelotte en plein Océan sur sa planche brisée. — C'est assez de lâcheté! Je veux regarder mon destin en face pour lui ôter son air de spectre : je veux aussi ouvrir mon cœur, où le chagrin déborde, au seul confident dont la pitié ne puisse m'offenser, à ce pâle et dernier ami qui me regarde dans ma glace. — Je veux donc écrire mes pensées et ma vie, non pas avec une exactitude quotidienne et puérile, mais sans

omission sérieuse, et surtout sans mensonge. J'aimerai
ce journal : il sera comme un écho fraternel qui trompera
ma solitude ; il me sera en même temps comme une
seconde conscience, m'avertissant de ne laisser passer
dans ma vie aucun trait que ma propre main ne puisse
écrire avec fermeté.

Je cherche maintenant dans le passé avec une triste
avidité tous les faits, tous les incidents qui dès longtemps
auraient dû m'éclairer, si le respect filial, l'habitude et
l'indifférence d'un oisif heureux n'avaient fermé mes yeux
à toute lumière. Cette mélancolie constante et profonde
de ma mère m'est expliquée ; je m'explique encore son
dégoût du monde, et ce costume simple et uniforme, objet
tantôt des railleries, tantôt du courroux de mon père : —
Vous avez l'air d'une servante, lui disait-il.

Je ne pouvais me dissimuler que notre vie de famille
ne fût quelquefois troublée par des querelles d'un caractère plus sérieux ; mais je n'en étais jamais directement
témoin. Les accents irrités et impérieux de mon père,
les murmures d'une voix qui paraissait supplier, des
sanglots étouffés, c'était tout ce que j'en pouvais entendre.
J'attribuais ces orages à des tentatives violentes et in-
fructueuses pour ramener ma mère au goût de la vie
élégante et bruyante qu'elle avait aimée autant qu'une
honnête femme peut l'aimer, mais au milieu de laquelle
elle ne suivait plus mon père qu'avec une répugnance
chaque jour plus obstinée. A la suite de ces crises il
était rare que mon père ne courût pas acheter quelque
beau bijou que ma mère trouvait sous sa serviette en se
mettant à table, et qu'elle ne portait jamais. Un jour,
elle reçut de Paris, au milieu de l'hiver, une grande caisse

pleine de fleurs précieuses : elle remercia mon père avec
effusion ; mais, dès qu'il fut sorti de sa chambre, je la vis
hausser légèrement les épaules et lever vers le ciel un
regard d'incurable désespoir.

Pendant mon enfance et ma première jeunesse, j'avais
eu pour mon père beaucoup de respect, mais assez peu
d'affection. Dans le cours de cette période, en effet, je
ne connaissais que le côté sombre de son caractère, le
seul qui se révélât dans la vie intérieure, pour laquelle
mon père n'était point fait. Plus tard, quand mon âge
me permit de l'accompagner dans le monde, je fus surpris
et ravi de découvrir en lui un homme que je n'avais pas
même soupçonné. Il semblait qu'il se sentît, dans l'enceinte de notre vieux château de famille, sous le poids
de quelque enchantement fatal : à peine hors des portes,
je voyais son front s'éclaircir, sa poitrine se dilater ; il
rajeunissait. — Allons ! Maxime, criait-il, un temps de
galop ! — Et nous dévorions gaiement l'espace. Il avait
alors des cris de joie juvénile, des enthousiasmes, des
fantaisies d'esprit, des effusions de sentiment qui char-
maient mon jeune cœur, et dont j'aurais voulu seulement
pouvoir rapporter quelque chose à ma pauvre mère,
oubliée dans son coin. Je commençai alors à aimer mon
père, et ma tendresse pour lui s'accrut même d'une
véritable admiration quand je pus le voir, dans toutes
les solennités de la vie mondaine, chasses, courses
bals, diners, développer les qualités sympathiques de
sa brillante nature. Écuyer admirable, causeur éblou-
issant, beau joueur, cœur intrépide, main ouverte, je le
regardais comme un type achevé de grâce virile et de
noblesse chevaleresque. Il s'appelait lui-même, en souri-

ant avec une sorte d'amertume, le dernier gentilhomme.

Tel était mon père dans le monde ; mais, aussitôt rentré au logis, nous n'avions plus sous les yeux, ma mère et moi, qu'un vieillard inquiet, morose et violent.

Les emportements de mon père vis-à-vis d'une créature aussi douce, aussi délicate que l'était ma mère m'auraient assurément révolté, s'ils n'avaient été suivis de ces vifs retours de tendresse et de ces redoublements d'attentions dont j'ai parlé. Justifié à mes yeux par ces témoignages de repentir, mon père ne me paraissait plus qu'un homme naturellement bon et sensible, mais jeté quelquefois hors de lui-même par une résistance opiniâtre et systématique à tous ses goûts et à toutes ses prédilections. Je croyais ma mère atteinte d'une affection nerveuse, d'une sorte de maladie noire. Mon père me le donnait à entendre, bien qu'observant toujours sur ce sujet une réserve que je jugeais trop légitime.

Les sentiments de ma mère à l'égard de mon père me semblaient d'une nature indéfinissable. Les regards qu'elle attachait sur lui paraissaient s'enflammer quelquefois d'une étrange expression de sévérité ; mais ce n'était qu'un éclair, et l'instant d'après ses beaux yeux humides et son visage inaltéré ne lui témoignaient plus qu'un dévouement attendri et une soumission passionnée.

Ma mère avait été mariée à quinze ans, et je touchais à ma vingt-deuxième année quand ma sœur, ma pauvre Hélène, vint au monde. Peu de temps après sa naissance, mon père, sortant un matin, le front soucieux, de la chambre où ma mère languissait, me fit signe de le suivre dans le jardin. Après deux ou trois tours faits en silence :

— Votre mère, Maxime, me dit-il, devient de plus en plus bizarre!

— Elle est si souffrante, mon père!

— Oui, sans doute; mais elle a une fantaisie bien singulière : elle désire que vous fassiez votre droit.

— Mon droit! Comment ma mère veut-elle qu'à mon âge, avec ma naissance et dans ma situation, j'aille me traîner sur les bancs d'une école? Ce serait ridicule!

— C'est mon opinion, dit sèchement mon père; mais votre mère est malade, et tout est dit.

J'étais alors un fat, très-enflé de mon nom, de ma jeune importance et de mes petits succès de salon; mais j'avais le cœur sain, j'adorais ma mère, avec laquelle j'avais vécu pendant vingt ans dans la plus étroite intimité qui puisse unir deux âmes en ce monde : je courus l'assurer de mon obéissance, elle me remercia en inclinant la tête avec un triste sourire, et me fit embrasser ma sœur endormie sur ses genoux.

Nous demeurions à une demi-lieue de Grenoble; je pus donc suivre un cours de droit sans quitter le logis paternel. Ma mère se faisait rendre compte jour par jour du progrès de mes études avec un intérêt si persévérant, si passionné, que j'en vins à me demander s'il n'y avait pas au fond de cette préoccupation extraordinaire quelque chose de plus qu'une fantaisie maladive : si, par hasard, la répugnance et le dédain de mon père pour le côté positif et ennuyeux de la vie n'avaient pas introduit dans notre fortune quelque secret désordre que la connaissance du droit et l'habitude des affaires devraient, suivant les espérances de ma mère, permettre à son fils de réparer. Je ne pus cependant m'arrêter à cette pensée: je me

souvenais, à la vérité, d'avoir entendu mon père se
plaindre amèrement des désastres que notre fortune avait
subis à l'époque révolutionnaire, mais dès longtemps ces
plaintes avaient cessé, et en tout temps d'ailleurs je
n'avais pu m'empêcher de les trouver assez injustes, notre
situation de fortune me paraissant des plus satisfaisantes.
Nous habitions en effet auprès de Grenoble le château
héréditaire de notre famille, qui était cité dans le pays
pour son grand air seigneurial. Il nous arrivait souvent,
à mon père et à moi, de chasser tout un jour sans sortir
de nos terres ou de nos bois. Nos écuries étaient monu-
mentales, et toujours peuplées de chevaux de prix qui
étaient la passion et l'orgueil de mon père. Nous avions
de plus à Paris, sur le boulevard des Capucines, un bel
hôtel où un pied-à-terre confortable nous était réservé.
Enfin, dans la tenue habituelle de notre maison, rien ne
pouvait trahir l'ombre de la gêne ou de l'expédient.
Notre table même était toujours servie avec une délicatesse particulière et raffinée à laquelle mon père attachait
du prix.

La santé de ma mère cependant déclinait sur une pente
à peine sensible, mais continue. Il arriva un temps où ce
caractère angélique s'altéra. Cette bouche, qui n'avait
jamais eu que de douces paroles, en ma présence du
moins, devint amère et agressive; chacun de mes pas
hors du château fut l'objet d'un commentaire ironique.
Mon père, qui n'était pas plus épargné que moi, supportait
ces attaques avec une patience qui de sa part me paraissait
méritoire; mais il prit l'habitude de vivre plus que jamais
hors de chez lui, éprouvant, me disait-il, le besoin de se
distraire, de s'étourdir sans cesse. Il m'engageait tou-

jours à l'accompagner, et trouvait dans mon amour du plaisir, dans l'ardeur impatiente de mon âge, et pour dire tout, dans la lâcheté de mon cœur, une trop facile obéissance.

Un jour du mois de septembre 185.., des courses dans lesquelles mon père avait engagé plusieurs chevaux devaient avoir lieu sur un emplacement situé à quelque distance du château. Nous étions partis de grand matin, mon père et moi, et nous avions déjeuné sur le théâtre de la course. Vers le milieu de la journée, comme je galopais sur la lisière de l'hippodrome pour suivre de plus près les péripéties de la lutte, je fus rejoint tout à coup par un de nos domestiques, qui me cherchait, me dit-il, depuis plus d'une demi-heure: il ajouta que mon père était déjà retourné au château, où ma mère l'avait fait appeler, et où il me priait de le suivre sans retard.—Mais qu'y a-t-il, au nom du ciel? — Je crois que madame est plus mal, me répondit cet homme. Et je partis comme un fou.

En arrivant, je vis ma sœur qui jouait sur la pelouse, au milieu de la grande cour silencieuse et déserte. Elle accourut au-devant de moi, comme je descendais de cheval, et me dit en m'embrassant, avec un air de mystère affairé et presque joyeux: "Le curé est venu!" Je n'apercevais pourtant dans la maison aucune animation extraordinaire, aucun signe de désordre ou d'alarme. Je gravis l'escalier à la hâte, et je traversai le boudoir qui communiquait à la chambre de ma mère, quand la porte s'ouvrit doucement: mon père parut. Je m'arrêtai devant lui; il était très pâle, et ses lèvres tremblaient. "Maxime, me dit-il sans me regarder, votre mère vous demande."

Je voulais l'interroger, il me fit signe de la main et s'approcha rapidement d'une fenêtre, comme pour regarder au dehors. J'entrai. — Ma mère était à demi couchée dans son fauteuil, hors duquel un de ses bras pendait comme inerte. Sur son visage, d'une blancheur de cire, je retrouvai soudain l'exquise douceur et la grâce délicate que la souffrance en avait naguère exilées : déjà l'ange de l'éternel repos étendait visiblement son aîle sur ce front apaisé. Je tombai à genoux : elle entr'ouvrit les yeux, releva péniblement sa tête fléchissante, et m'enveloppa d'un long regard. Puis, d'une voix qui n'était plus qu'un souffle interrompu, elle me dit lentement ces paroles : "Pauvre enfant !... Je suis usée, vois-tu... Ne pleure pas !... Tu m'as un peu abandonnée tout ce temps-ci ; mais j'étais si maussade !... Nous nous reverrons, Maxime, nous nous expliquerons, mon fils... Je n'en puis plus !.. Rappelle à ton père ce qu'il m'a promis. Toi, dans ce combat de la vie, sois fort, et pardonne aux faibles !" Elle parut épuisée, s'interrompit un moment, puis, levant un doigt avec effort et me regardant fixement : "Ta sœur !" dit-elle. Ses paupières bleuâtres se refermèrent, puis elle les rouvrit tout à coup en étendant les bras d'un geste raide et sinistre. Je poussai un cri, mon père accourut et pressa longtemps sur sa poitrine, avec des sanglots déchirants, ce pauvre corps d'une martyre.

Quelques semaines plus tard, sur le désir formel de mon père, qui, me dit-il, ne faisait qu'obéir aux derniers vœux de celle que nous pleurions, je quittais la France et je commençais à travers le monde cette vie nomade que j'ai menée presque jusqu'à ce jour. Durant une absence d'une année, mon cœur, de plus en plus aimant, à mesure que la mauvaise fougue de l'âge s'amortissait, mon cœur me pressa plus d'une fois de venir me retremper à la source de ma vie, entre la tombe de ma mère et le berceau de ma jeune sœur; mais mon père avait fixé lui-même la durée précise de mon voyage, et il ne m'avait point élevé à traiter légèrement ses volontés. Sa correspondance, affectueuse, mais brève, n'annonçait aucune impatience à l'égard de mon retour; je n'en fus que plus effrayé lorsque, débarquant à Marseille il y a deux mois, je trouvais plusieurs lettres de mon père qui toutes me rappelaient avec une hâte fébrile.

Ce fut par une sombre soirée du mois de février que je revis les murailles massives de notre antique demeure se détachant sur une légère couche de neige qui couvrait la campagne. Une bise aigre et glacée soufflait par intervalles; des flocons de givre tombaient comme des feuilles mortes des arbres de l'avenue, et se posaient sur le sol humide avec un bruit faible et triste. En entrant dans la cour, je vis une ombre, qui me parut être celle de mon père, se dessiner sur une des fenêtres du grand salon, qui était au rez-de-chaussée, et qui, dans les derniers temps de la vie de ma mère, ne s'ouvrait jamais. Je me précipitai: en m'apercevant, mon père poussa une sourde exclamation; puis il m'ouvrit ses bras, et je sentis son cœur palpiter violemment contre le mien. — Tu es gelé, mon pauvre enfant, me dit-il, me tutoyant contre sa coutume. Chauffe-toi, chauffe-toi. Cette pièce est froide, mais je m'y tiens maintenant de préférence, parce qu'au moins on y respire.

— Votre santé, mon père?

— Passable, tu vois. — Et, me laissant près de la cheminée, il reprit à travers cet immense salon, que deux ou trois bougies éclairaient à peine, la promenade que je semblais avoir interrompue. Cet étrange accueil m'avait consterné. Je regardais mon père avec stupeur. — As-tu vu mes chevaux? me dit-il tout à coup sans s'arrêter.

— Mon père !

— Ah! tiens, c'est juste! tu arrives. — Après un silence : — Maxime, reprit-il, j'ai à vous parler.

— Je vous écoute, mon père.

Il sembla ne pas m'entendre, se promena quelque temps, et répéta plusieurs fois par intervalles : — J'ai à vous parler, mon fils. — Enfin il poussa un profond soupir, passa une main sur son front, et, s'asseyant brusquement, il me montra un siége en face de lui. Alors, comme s'il eût désiré de parler sans en trouver le courage, ses yeux s'arrêtèrent sur les miens, et j'y lus une expression d'angoisse, d'humilité et de supplication, qui, de la part d'un homme aussi fier que l'était mon père, me toucha profondément. Quels que pussent être les torts qu'il avait tant de peine à confesser, je sentais au fond de l'âme qu'ils lui étaient bien largement pardonnés, quand soudain ce regard, qui ne me quittait pas, prit une fixité étonnée, vague et terrible : la main de mon père se crispa sur mon bras ; il se souleva sur son fauteuil, et, retombant aussitôt, il s'affaissa lourdement sur le parquet. — Il n'était plus.

Notre cœur ne raisonne point, ne calcule point. C'est sa gloire. Depuis un moment, j'avais tout deviné : une seule minute avait suffi pour me révéler tout à coup sans un mot d'explication, par un jet de lumière irrésistible, cette fatale vérité que mille faits se répétant chaque jour

sous mes yeux pendant vingt années n'avaient pu me
faire soupçonner. J'avais compris que la ruine était là.
dans cette maison, sur ma tête. Eh bien! je ne sais si
mon père me laissant comblé de ses bienfaits m'eût coûté
plus de larmes et des larmes plus amères. A mes regrets,
à ma profonde douleur se joignait une pitié qui, remon-
tant du fils au père, avait quelque chose d'étrangement
poignant. Je revoyais toujours ce regard suppliant,
humilié, éperdu ; je me désespérais de n'avoir pu dire une
parole de consolation à ce malheureux cœur avant qu'il
se brisât, et je criais follement à celui qui ne m'entendait
plus : Je vous pardonne! je vous pardonne! — Dieu!
quels instants!

Autant que je l'ai pu conjecturer, ma mère en mourant
avait fait promettre à mon père de vendre la plus grande
partie de ses biens, de payer entièrement la dette énorme
qu'il avait contractée en dépensant tous les ans un tiers
de plus que son revenu, et de se réduire ensuite strictement à vivre de ce qui lui resterait. Mon père avait
essayé de tenir cet engagement : il avait vendu ses bois
et une portion de ses terres ; mais, se voyant maître alors
d'un capital considérable, il n'en avait consacré qu'une
faible part à l'amortissement de sa dette, et avait entre-
pris de rétablir sa fortune en confiant le reste aux détes-
tables hasards de la bourse. Ce fut ainsi qu'il acheva de
se perdre.

Je n'ai pu encore sonder jusqu'au fond l'abime où nous
sommes engloutis. Une semaine après la mort de mon
père, je tombai gravement malade, et c'est à peine si,
après deux mois de souffrance, j'ai pu quitter notre
château patrimonial le jour où un étranger en prenait

possession. Heureusement un vieil ami de ma mère qui
habite Paris, et qui était chargé autrefois des affaires de
notre famille en qualité de notaire, est venu à mon aide
dans ces tristes circonstances : il m'a offert d'entreprendre
lui-même un travail de liquidation qui présentait à mon
inexpérience des difficultés inextricables. Je lui ai abandonné absolument le soin de régler les affaires de la
succession, et je présume que sa tâche est aujourd'hui
terminée. A peine arrivé hier matin, j'ai couru chez lui :
il était à la campagne, d'où il ne doit revenir que demain.
Ces deux journées ont été cruelles : l'incertitude est
vraiment le pire de tous les maux, parce qu'il est le seul
qui suspende nécessairement les ressorts de l'âme et qui
ajourne le courage. Il m'eût bien surpris, il y a dix ans,
celui qui m'eût prophétisé que ce vieux notaire, dont le
langage formaliste et la raide politesse nous divertissaient
si fort, mon père et moi, serait un jour l'oracle de qui
j'attendrais l'arrêt suprême de ma destinée !—Je fais mon
possible pour me tenir en garde contre des espérances
exagérées : j'ai calculé approximativement que, toutes
nos dettes payées, il nous resterait un capital de cent
vingt à cent cinquante mille francs. Il est difficile qu'une
fortune qui s'élevait à cinq millions ne nous laisse pas au
moins cette épave. Mon intention est de prendre pour
ma part une dizaine de mille francs, et d'aller chercher
fortune dans les nouveaux états de l'Union ; j'abandon-
nerai le reste à ma sœur.

Voilà assez d'écriture pour ce soir. Triste occupation
que de retracer de tels souvenirs ! Je sens néanmoins
qu'elle m'a rendu un peu de calme. Le travail certainement est une loi sacrée, puisqu'il suffit d'en faire la plus

légère application pour éprouver je ne sais quel contentement et quelle sérénité. L'homme cependant n'aime
point le travail, il n'en peut méconnaître les infaillibles
bienfaits; il les goûte chaque jour, s'en applaudit, et
chaque lendemain il se remet au travail avec la même
répugnance. Il me semble qu'il y a là une contradiction
singulière et mystérieuse, comme si nous sentions à la
fois dans le travail le châtiment et le caractère divin et
paternel du juge.

Jeudi.

Ce matin, à mon réveil, on m'a remis une lettre du
vieux M. Laubépin. Il m'invitait à dîner, en s'excusant
de la liberté grande; il ne me faisait d'ailleurs aucune
communication relative à mes intérêts. J'ai mal auguré
de cette réserve.

En attendant l'heure fixée, j'ai fait sortir ma sœur de
son couvent, et je l'ai promenée dans Paris. L'enfant ne
se doute pas de notre ruine. Elle a eu, dans le cours de
la journée, diverses fantaisies assez coûteuses. Elle s'est
approvisionnée largement de gants, de papier rose, de
bonbons pour ses amies, d'essences fines, de savons extraordinaires, de petits pinceaux, toutes choses fort utiles
sans doute, mais qui le sont moins qu'un dîner. Puisse-
t-elle l'ignorer toujours!

A six heures, j'étais rue Cassette chez M. Laubépin. Je
ne sais quel âge peut avoir notre vieil ami; mais aussi
loin que remontent mes souvenirs dans le passé, je l'y
retrouve tel que je l'ai revu aujourd'hui, grand, sec, un

peu voûté, cheveux blancs en désordre, œil perçant sous
des touffes de sourcils noirs, une physionomie robuste et
fine tout à la fois. J'ai revu en même temps l'habit noir
d'une coupe antique, la cravate blanche professionnelle,
le diamant héréditaire au jabot, — bref, tous les signes
extérieurs d'un esprit grave, méthodique et ami des traditions. Le vieillard m'attendait devant la porte ouverte
de son petit salon : après une profonde inclination, il a saisi
légèrement ma main entre deux doigts, et m'a conduit en
face d'une vieille dame d'apparence assez simple qui se
tenait debout devant la cheminée : M. le marquis de
Champcey d'Hauterive ! a dit alors M. Laubépin de sa
voix forte, grasse et emphatique ; puis tout à coup, d'un
ton plus humble, en se retournant vers moi : Mme.
Laubépin !

Nous nous sommes assis, et il y a eu un moment de silence embarrassé. Je m'étais attendu à un éclaircissement
immédiat sur ma situation définitive : voyant qu'il était
différé, j'ai présumé qu'il ne pouvait être d'une nature
agréable, et cette présomption m'était confirmée par les
regards de compassion discrète dont Mme. Laubépin
m'honorait furtivement. Quant à M. Laubépin, il m'ob-
servait avec une attention singulière, qui ne me paraissait
pas exempte de malice. Je me suis rappelé alors que
mon père avait toujours prétendu flairer dans le cœur du
cérémonieux tabellion, et sous ses respects affectés, un
vieux reste de levain bourgeois, roturier, et même jacobin.
Il m'a semblé que ce levain fermentait un peu en ce
moment, et que les secrètes antipathies du vieillard trouvaient quelque satisfaction dans le spectacle d'un gentilhomme à la torture. J'ai pris aussitôt la parole, en

essayant de montrer, malgré l'accablement réel que j'éprouvais, une pleine liberté d'esprit : — Comment, monsieur Laubépin, ai-je dit, vous avez quitté la place des Petits-Pères, cette chère place des Petits-Pères ? Vous avez pu vous décider à cela ? Je ne l'aurais jamais cru.

— Mon Dieu! monsieur le marquis, a répondu M. Laubépin, c'est effectivement une infidélité qui n'est point de mon âge ; mais en cédant l'étude, j'ai dû céder le logis, attendu qu'un panonceau ne se déplace pas comme une enseigne.

— Cependant vous vous occupez encore d'affaires ?

— A titre amical et officieux, oui, monsieur le marquis. Quelques familles honorables, considérables, dont j'ai eu le bonheur d'obtenir la confiance pendant une pratique de quarante-cinq années, veulent bien encore quelquefois, dans des circonstances particulièrement délicates, réclamer les avis de mon expérience, et je crois pouvoir ajouter qu'elles se repentent rarement de les avoir suivis.

Comme M. Laubépin achevait de se rendre à lui-même ce témoignage, une vieille domestique est venue annoncer que le dîner était servi. J'ai eu alors l'avantage de conduire Mme. Laubépin dans la salle voisine. Pendant tout le repas, la conversation s'est traînée dans la plus insignifiante banalité, M. Laubépin ne cessant d'attacher sur moi son regard perçant et équivoque, tandis que Mme. Laubépin prenait, en m'offrant de chaque plat, ce ton douloureux et pitoyable qu'on affecte auprès du lit d'un malade. Enfin on s'est levé, et le vieux notaire m'a introduit dans son cabinet, où l'on nous a aussitôt servi le café. Me faisant asseoir alors, et s'adossant à la cheminée : — Monsieur le marquis, a dit M! Laubépin, vous m'avez

2

fait l'honnenr de me confier le soin de liquider la succession de feu M. le marquis de Champcey d'Hauterive, votre
père. Je m'apprêtais hier même à vous écrire, quand j'ai
su votre arrivée à Paris, laquelle me permet de vous
rendre compte de vive voix du résultat de mon zèle et
de mes opérations.

— Je pressens, monsieur, que ce résultat n'est pas
heureux.

— Non, monsieur le marquis, et je ne vous cacherai
pas que vous devez vous armer de courage pour l'apprendre ; mais il est dans mes habitudes de procéder avec
méthode. Ce fut, monsieur, en l'année 1820 que Mlle.
Louise-Hélène Dugald Delatouche d'Érouville fut recher-
chée en mariage par Charles-Christian Odiot, marquis de
Champcey d'Hauterive. Investi par une sorte de tra-
dition séculaire de la direction des intérêts de la famille
Dugald Delatouche, et admis en outre dès longtemps
près de la jeune héritière de cette maison sur le pied
d'une familiarité respectueuse, je dus employer tous les
arguments de la raison pour combattre le penchant de
son cœur et la détourner de cette funeste alliance. Je dis
funeste alliance, non pas que la fortune de M. de Champcey, malgré quelques hypothèques dont elle était grèvée
dès cette époque, ne fût égale à celle de Mlle. Delatouche ;
mais je connaissais le caractère et le tempérament, hérédi-
taires en quelque sorte, de M. de Champcey. Sous les
dehors séduisants et chevaleresques qui le distinguaient
comme tous ceux de sa maison, j'apercevais clairement
l'irréflexion obstinée, l'incurable légèreté, la fureur de
plaisir, et finalement l'implacable égoïsme...

— Monsieur, ai-je interrompu brusquement, la mémoire

le mon père m'est sacrée, et j'entends qu'elle le soit à tous ceux qui parlent de mon père devant moi.

— Monsieur, a repris le vieillard avec une émotion soudaine et violente, je respecte ce sentiment; mais, en parlant de votre père, j'ai grand'peine à oublier que je parle de l'homme qui a tué votre mère, une enfant héroïque, une sainte, un ange!

Je m'étais levé fort agité. M. Laubépin, qui avait fait quelques pas à travers la chambre, m'a saisi le bras. — Pardon, jeune homme, m'a-t-il dit; mais j'aimais votre mère. Je l'ai pleurée. Veuillez me pardonner. — Puis, se replaçant devant la cheminée: — Je reprends, a-t-il ajouté du ton solennel qui lui est ordinaire; j'eus l'honneur et le chagrin de rédiger le contrat de mariage de madame votre mère. Malgré mon insistance, le régime dotal avait été écarté, et ce ne fut pas sans de grands efforts que je parvins à introduire dans l'acte une clause protectrice qui déclarait inaliénable, sans la volonté légalement constatée de madame votre mère, un tiers environ de ses apports immobiliers. Vaine précaution, monsieur le marquis, et je pourrais dire précaution cruelle d'une amitié mal inspirée, car cette clause fatale ne fit que préparer à celle dont elle devait sauvegarder le repos ses plus insupportables tourments, — j'entends ces luttes, ces querelles, ces violences dont l'écho dut frapper vos oreilles plus d'une fois, et dans lesquelles on arrachait lambeaux par lambeaux à votre malheureuse mère le dernier héritage, le pain de ses enfants!

— Monsieur, je vous en prie!

— Je m'incline, monsieur le marquis... Je ne parlerai que du présent. A peine honoré de votre confiance, mon

premier devoir, monsieur, était de vous engager à n'accepter que sous bénéfice d'inventaire la succession embarrassée qui vous était échue.

— Cette mesure, monsieur, m'a paru outrageante pour
la mémoire de mon père, et j'ai dû m'y refuser.

M. Laubépin, après m'avoir lancé un de ces regards
inquisiteurs qui lui sont familiers, a repris : — Vous
n'ignorez pas apparemment, monsieur, que, faute d'avoir
usé de cette faculté légale, vous demeurez passable des
charges de la succession, lors même que ces charges en
excéderaient la valeur. Or, j'ai actuellement le devoir
pénible de vous apprendre, monsieur le marquis, que ce
cas est précisément celui qui se présente dans l'espèce.
Comme vous le verrez dans ce dossier, il est parfaitement
constant qu'après la vente de votre hôtel à des conditions
inespérées, vous et mademoiselle votre sœur resterez
encore redevables envers les créanciers de monsieur votre
père d'une somme de quarante-cinq mille francs.

Je suis demeuré véritablement atterré à cette nouvelle,
qui dépassait mes plus fâcheuses appréhensions. Pendant
une minute, j'ai prêté une attention hébétée au bruit
monotone de la pendule, sur laquelle je fixais un œil sans
regard.

— Maintenant, a repris M. Laubépin après un silence,
le moment est venu de vous dire, monsieur le marquis,
que madame votre mère, en prévision des éventualités
qui se réalisent malheureusement aujourd'hui, m'a remis
en dépôt quelques bijoux dont la valeur est estimée à
cinquante mille francs environ. Pour empêcher que cette
faible somme, votre unique ressource désormais, ne passe
aux mains des créanciers de la succession, nous pouvons

user, je crois, du subterfuge légal que je vais avoir l'honneur de vous soumettre.

— Mais cela est tout à fait inutile, monsieur. Je suis trop heureux de pouvoir, à l'aide de cet appoint inattendu, solder intégralement les dettes de mon père, et je vous prierai de le consacrer à cet emploi.

M. Laubépin s'est légèrement incliné. — Soit, a-t-il dit ; mais il m'est impossible de ne pas vous faire observer, monsieur le marquis, qu'une fois ce prélèvement opéré sur le dépôt qui est dans mes mains, il ne vous restera pour toute fortune, à Mlle. Hélène et à vous, qu'une somme de quatre à cinq mille livres, laquelle, aux taux actuel de l'argent, vous donnera un revenu de deux cent vingt-cinq francs. Ceci posé, monsieur le marquis, qu'il me soit permis de vous demander, à titre confidentiel, amical et respectueux, si vous avez avisé à quelques moyens d'assurer votre existence et celle de votre sœur et pupille, et quels sont vos projets ?

— Je n'en ai plus aucun, monsieur, je vous l'avoue. Tous ceux que j'avais pu former sont inconciliables avec le dénûment absolu où je me trouve réduit. Si j'étais seul au monde, je me ferais soldat ; mais j'ai ma sœur, et je ne puis souffrir la pensée de voir la pauvre enfant réduite au travail et aux privations. Elle est heureuse dans son couvent ; elle est assez jeune pour y demeurer quelques années encore. J'accepterais du meilleur de mon cœur toute occupation qui me permettrait, en me réduisant moi-même à l'existence la plus étroite, de gagner chaque année le prix de la pension de ma sœur, et de lui amasser une dot pour l'avenir.

M. Laubépin m'a regardé fixement. — Pour atteindre

cet honorable objectif, a-t-il repris, vous ne devez pas
penser, monsieur le marquis, à entrer à votre âge dans la
lente filière des administrations publiques et des fonctions
officielles. Il vous faudrait un emploi qui vous assurât
dès le début cinq ou six mille francs de revenu annuel.
Je dois vous dire que, dans l'état de notre organisation
sociale, il ne suffit nullement d'avancer la main pour
trouver ce *desideratum*. Heureusement j'ai à vous communiquer quelques propositions vous concernant qui sont
de nature à modifier dès à présent, et sans grand effort,
votre situation.—Les yeux de M. Laubépin se sont attachés sur moi avec une attention plus pénétrante que
jamais, et il a continué:—En premier lieu, monsieur le
marquis, je serai près de vous l'organe d'un spéculateur
habile, riche et influent; ce personnage a conçu l'idée
d'une entreprise considérable, dont la nature vous sera
expliquée ci-après, et qui ne peut réussir que par le concours particulier de la classe aristocratique de ce pays. Il
pense qu'un nom ancien et illustre comme le vôtre, monsieur le marquis, figurant parmi ceux des membres fonda-
teurs de l'entreprise, aurait pour effet de lui gagner des
sympathies dans les rangs du public spécial auquel le
prospectus doit être adressé. En vue de cet avantage, il
vous offre d'abord ce qu'on nomme communément une
prime, c'est-à-dire une dizaine d'actions à titre gratuit,
dont la valeur, estimée dès ce moment à dix mille francs,
serait vraisemblablement triplée par le succès de l'opération. En outre...

— Tenez-vous-en là, monsieur; de telles ignominies ne
valent pas la peine que vous prenez de les formuler.

J'ai vu briller soudain l'œil du vieillard sous ses épais

sourcils, comme si une étincelle s'en fût détachée. Un faible sourire a détendu les plis rigides de son visage. — Si la proposition ne vous plaît pas, monsieur le marquis, à-t-il dit en grasseyant, elle ne me plaît pas plus qu'à vous. Toutefois j'ai cru devoir vous la soumettre. En voici une autre qui vous sourira peut-être davantage, et qui de fait est plus avenante. Je compte, monsieur, au nombre de mes plus anciens clients un commerçant honorable qui s'est retiré des affaires depuis peu de temps, et qui jouit désormais paisiblement, auprès d'une fille unique et conséquemment adorée, d'une *aurea mediocritas* que j'évalue à vingt-cinq mille livres de revenu. Le hasard voulut, il y a trois jours, que la fille de mon client fût informée de votre situation : j'ai cru voir, j'ai même pu m'assurer, pour tout dire, que l'enfant, laquelle d'ailleurs est agréable à voir et pourvue de qualités estimables, n'hésiterait pas un instant à accepter de votre main le titre de marquise de Champcey. Le père consent, et je n'attends qu'un mot de vous, monsieur le marquis, pour vous dire le nom et la demeure de cette famille…intéressante.

— Monsieur, ceci me détermine tout à fait : je quitterai dès demain un titre qui dans ma situation est dérisoire, et qui en outre semble devoir m'exposer aux plus misérables entreprises de l'intrigue. Le nom originaire de ma famille est Odiot : c'est le seul que je compte porter désormais. Maintenant, monsieur, en reconnaissant toute la vivacité de l'intérêt qui a pu vous engager à vous faire l'interprète de ces singulières propositions, je vous prierai de m'épargner toutes celles qui pourraient avoir un caractère analogue.

— En ce cas, monsieur le marquis, a répondu M. Laubépin, je n'ai absolument plus rien à vous dire.

En même temps, pris d'un accès subit de jovialité, il a
frotté ses mains l'une contre l'autre avec un bruit de
parchemins froissés. Puis il a ajouté en riant:— Vous
serez un homme difficile à caser, monsieur Maxime. Ah!
ah! très-difficile à caser. Il est extraordinaire, monsieur,
que je n'aie pas remarqué plus tôt la saisissante similitude
que la nature s'est plu à établir entre votre physionomie
et celle de madame votre mère. Les yeux et le sourire
en particulier;... mais ne nous égarons pas, et puisqu'il
vous convient de ne devoir qu'à un honorable travail vos
moyens d'existence, souffrez que je vous demande quels
peuvent être vos talents et vos aptitudes?

— Mon éducation, monsieur, a été naturellement celle
d'un homme destiné à la richesse et à l'oisiveté. Cependant j'ai étudié le droit. J'ai même le titre d'avocat.

— D'avocat? ah diable! vous êtes avocat? Mais le titre
ne suffit pas: dans la carrière du barreau plus que dans
aucune autre, il faut payer de sa personne...et la...vo-
yons...vous sentez-vous éloquent, monsieur le marquis?

— Si peu, monsieur, que je me crois tout à fait incapable d'improviser deux phrases en public.

— Hum! ce n'est pas la précisément ce qu'on peut
appeler une vocation d'orateur. Il faudra donc vous
tourner d'un autre côté; mais la matière exige de plus
amples réflexions. Je vois d'ailleurs que vous êtes fatigué,
monsieur le marquis. Voici votre dossier que je vous
prie d'examiner à loisir. J'ai l'honneur de vous saluer,
monsieur. Permettez-moi de vous éclairer. Pardon....
dois-je attendre de nouveaux ordres avant de consacrer

au payment de vos créanciers le prix des bijoux et joyaux qui sont entre mes mains?

— Non, certainement. J'entends de plus que vous préleviez sur cette réserve la juste rémunération de vos bons offices.

Nous étions arrivés sur le palier de l'escalier: M. Laubépin, dont la taille se courbe un peu lorsqu'il est en marche, s'est redressé brusquement. — En ce qui concerne vos créanciers, monsieur le marquis, m'a-t-il dit, je vous obéirai avec respect. Pour ce qui me regarde, j'ai été l'ami de votre mère, et je prie humblement, mais instamment, le fils de votre mère de me traiter en ami. — J'ai tendu au vieillard une main qu'il a serrée avec force, et nous nous sommes séparés.

Rentré dans la petite chambre que j'occupe sous les toits de cet hôtel, qui déjà ne m'appartient plus, j'ai voulu me prouver à moi-même que la certitude de ma complète détresse ne me plongeait pas dans un abattement indigne d'un homme. Je me suis mis à écrire le récit de cette journée décisive de ma vie, en m'appliquant à conserver la phraséologie exacte du vieux notaire, et ce langage mêlé de raideur et de courtoisie, de défiance et de sensibilité, qui, pendant que j'avais l'âme navrée, a fait plus d'une fois sourire mon esprit.

Voilà donc la pauvreté, non plus cette pauvreté cachée, fière, poétique que mon imagination menait bravement à travers les grands bois, les déserts et les savanes, mais la positive misère, le besoin, la dépendance, l'humiliation, quelque chose de pis encore, la pauvreté amère du riche déchu, la pauvreté en habit noir, qui cache ses mains nues aux anciens amis qui passent! — Allons, frère, courage!

LUNDI, 27 avril.

J'ai attendu en vain depuis cinq jours des nouvelles de
M. Laubépin. J'avoue que je comptais sérieusement sur
l'intérêt qu'il avait paru me témoigner. Son expérience,
ses connaissances pratiques, ses relations étendues lui
donnaient les moyens de m'être utile. J'étais prêt à faire,
sous sa direction, toutes les démarches nécessaires ; mais,
abandonné à moi-même, je ne sais absolument de quel
côté tourner mes pas. Je le croyais un de ces hommes
qui promettent peu et qui tiennent beaucoup. Je crains
de m'être mépris. Ce matin, je m'étais déterminé à me
rendre chez lui, sous prétexte de lui remettre les pièces qu'il
m'avait confiées, et dont j'ai pu vérifier la triste exactitude. On m'a dit que le bonhomme était allé goûter les
douceurs de la villégiature dans je ne sais quel château
au fond de la Bretagne. Il est encore absent pour deux
ou trois jours. Ceci m'a véritablement consterné. Je
n'éprouvais pas seulement le chagrin de rencontrer l'indifférence et l'abandon où j'avais pensé trouver l'empressement d'une amitié dévouée ; j'avais de plus l'amertume
de m'en retourner comme j'étais venu, avec une bourse
vide. Je comptais en effet prier M. Laubépin de m'avancer quelque argent sur les trois ou quatre mille francs qui
doivent nous revenir après le payement intégral de nos
dettes, car j'ai eu beau vivre en anachorète depuis mon
arrivée à Paris, la somme insignifiante que j'avais pu
réserver pour mon voyage est complétement épuisée, et
si complétement, qu'après avoir fait ce matin un véritable
déjeuner de pasteur, *castaneæ molles et pressi copia*

lactis, j'ai dû recourir, pour dîner ce soir, à une sorte d'escroquerie dont je veux consigner ici le souvenir mélancolique.

Moins on a déjeuné, plus on désire dîner. C'est un axiome dont j'ai senti aujourd'hui toute la force bien avant que le soleil eût achevé son cours. Parmi les promeneurs que la douceur du ciel avait attirés cette après-midi aux Tuileries, et qui regardaient se jouer les premiers sourires du printemps sur la face de marbre des sylvains, on remarquait une homme jeune encore, et d'une tenue irréprochable, qui paraissait étudier avec une solicitude extraordinaire le réveil de la nature. Non content de dévorer de l'œil la verdure nouvelle, il n'était point rare de voir ce personnage détacher furtivement de leurs tiges de jeunes pousses appétissantes, des feuilles à demi déroulées, et les porter à ses lèvres avec une curiosité de botaniste. J'ai pu m'assurer que cette ressource alimentaire, qui m'avait été indiquée par l'histoire des naufrages, était d'une valeur fort médiocre. Toutefois j'ai enrichi mon expérience de quelques notions intéressantes: ainsi je sais désormais que le feuillage du marronnier est excessivement amer à la bouche, comme au cœur; le rosier n'est pas mauvais; le tilleul est onctueux et assez agréable; le lilas poivré — et malsain, je crois.

Tout en méditant sur ces découvertes, je me suis dirigé vers le couvent d'Héléne. En mettant le pied dans le parloir, que j'ai trouvé plein comme une ruche, je me suis senti plus assourdi qu'à l'ordinaire par les confidences tumultueuses des jeunes abeilles. Hélène est arrivée, les cheveux en désordre, les joues enflammées, les yeux rouges et étincelants. Elle tenait à la main un morceau

de pain de la longueur de son bras.　Comme elle m'em-
brassait d'un air préoccupé ; — Eh bien ! fillette, qu'est-ce
qu'il y a donc ?　Tu as pleuré ?

— Non, non, Maxime, ce n'est rien.

— Qu'est-ce qu'il y a ?　Voyons…

Elle a baissé la voix : — Ah ! je suis bien malheureuse,
va, mon pauvre Maxime !

— Vraiment ? conte-moi donc cela en mangeant ton
pain.

— Oh ! je ne vais certainement pas manger mon pain ;
je suis bien trop malheureuse pour manger.　Tu sais bien,
Lucie, Lucie Campbell, ma meilleure amie ? eh bien ! nous
sommes brouillées mortellement.

— Oh ! mon Dieu !… Mais sois tranquille, ma mignonne,
vous vous raccommoderez, va.

— Oh ! Maxime, c'est impossible, vois-tu.　Il y a eu des
choses trop graves.　Ce n'était rien d'abord ; mais on
s'échauffe et on perd la tête, tu sais.　Figure-toi que nous
jouions au volant, et Lucie s'est trompée en comptant les
points : j'en avais six cent quatre-vingts, et elle six cent
quinze seulement, et elle a prétendu en avoir six cent
soixante-quinze.　C'était un peu trop fort, tu m'avoueras.
J'ai soutenu mon chiffre, bien entendu, elle le sien. — Eh
bien ! mademoiselle, lui ai-je dit, consultons ces demoiselles ; je m'en rapporte à elles. — Non, mademoiselle,
m'a-t-elle répondu, je suis sûre de mon chiffre, et vous
êtes une mauvaise joueuse. — Eh bien ! vous, mademoiselle, lui ai-je dit, vous êtes une menteuse ! — C'est bien,
mademoiselle, a-t-elle dit alors, moi, je vous méprise trop
pour vous répondre ! — Ma sœur Sainte-Félix est arrivée
à ce moment-là heureusement, car je crois que j'allais la

battre... Ainsi voilà ce qui s'est passé. Tu vois s'il est possible de nous raccommoder après cela. C'est impossible : ce serait une lâcheté. En attendant, je ne peux pas te dire ce que je souffre ; je crois qu'il n'y a pas une personne sur la terre qui soit aussi malheureuse que moi.

— Certainement, mon enfant, il est difficile d'imaginer un malheur plus accablant que le tien ; mais, pour te dire ma façon de penser, tu te l'es un peu attiré, car dans cette querelle c'est de ta bouche qu'est sortie la parole la plus blessante. Voyons, est-elle dans le parloir, ta Lucie ?

— Oui, la voilà là-bas dans le coin. — Et elle m'a montré d'un signe de tête digne et discret une petite fille très-blonde, qui avait également les joues enflammées et les yeux rouges, et qui paraissait en train de faire à une vieille dame très-attentive le récit du drame que la sœur Sainte-Félix avait si heureusement interrompu. Tout en parlant avec un feu digne du sujet, Mlle. Lucie lançait de temps à autre un regard furtif sur Hélène et sur moi.

— Eh bien ! ma chère enfant, ai-je dit, as-tu confiance en moi ?

— Oui, j'ai beaucoup de confiance en toi, Maxime.

— En ce cas, voici ce que tu vas faire : tu vas t'en aller tout doucement te placer derrière la chaise de Mlle. Lucie ; tu vas lui prendre la tête comme ceci, en traître, tu vas l'embrasser sur les deux joues comme cela, de force, et puis tu vas voir ce qu'elle va faire à son tour.

Hélène a paru hésiter quelques secondes ; puis elle est partie à grands pas, est tombée comme la foudre sur Mlle. Campbell, et lui a causé néanmoins la plus douce surprise : les deux jeunes infortunées, réunies enfin pour jamais, ont

confondu leurs larmes dans un groupe attendrissant,
pendant que la vieille et respectable Mme. Campbell se
mouchait avec un bruit de cornemuse.

Hélène est revenue me trouver toute radieuse. — Eh
bien ! ma chérie, lui ai-je dit, j'espère que maintenant tu
vas manger ton pain ?

— Oh ! vraiment non, Maxime ; j'ai été trop émue, vois-
tu, et puis il faut te dire qu'il est arrivé aujourd'hui une
élève, une nouvelle, qui nous a donné un régal de mé-
ringues, d'éclairs et de chocolat à la crème, de sorte que je
n'ai pas faim du tout. Je suis même très-embarrassée,
parce que dans mon trouble j'ai oublié tout à l'heure de
remettre mon pain au panier, comme on doit le faire
quand on n'a pas faim au goûter, et j'ai peur d'être punie ;
mais, en passant dans la cour, je vais tâcher de jeter
mon pain dans le soupirail de la cave sans qu'on s'en
aperçoive.

— Comment ! petite sœur, ai-je repris en rougissant
légèrement, tu vas perdre ce gros morceau de pain-là ?

— Ah ! je sais que ce n'est pas bien, car il y a peut-être
des pauvres qui seraient bien heureux de l'avoir, n'est-ce
pas, Maxime ?

— Il y en a certainement, ma chère enfant.

— Mais comment veux-tu que je fasse ? les pauvres
n'entrent pas ici.

— Voyons, Hélène, confie-moi ce pain, et je le donnerai
en ton nom au premier pauvre que je rencontrerai, veux-
tu ?

— Je crois bien ! — L'heure de la retraite a sonné : j'ai
rompu le pain en deux morceaux que j'ai fait disparaître
honteusement dans les poches de mon paletot. — Cher

Maxime! a repris l'enfant, à bientôt, n'est ce pas? Tu me diras si tu as rencontré un pauvre, si tu lui as donné mon pain, et s'il l'a trouvé bon.

Oui, Hélène, j'ai rencontré un pauvre, et je lui ai donné ton pain, qu'il a emporté comme une proie dans sa mansarde solitaire, et il l'a trouvé bon ; mais c'était un pauvre sans courage, car il a pleuré en dévorant l'aumône de tes petites mains bien aimées. Je te dirai tout cela, Hélène, car il est bon que tu saches qu'il y a sur la terre des souffrances plus sérieuses que tes souffrances d'enfant: je te dirai tout, excepté le nom du pauvre.

MARDI, 28 avril.

Ce matin, à neuf heures, je sonnais à la porte de M. Laubépin, espérant vaguement que quelque hasard aurait hâté son retour; mais on ne l'attend que demain. La pensée m'est venue aussitôt de m'adresser à Mme. Laubépin, et de lui faire part de la gêne excessive où me réduit l'absence de son mari. Pendant que j'hésitais entre la pudeur et le besoin, la vieille domestique, effrayée apparemment du regard affamé que je fixais sur elle, a tranché la question en refermant brusquement la porte. J'ai pris alors mon parti, et j'ai résolu de jeûner jusqu'à demain. Je me suis dit qu'après tout on ne meurt pas pour un jour d'abstinence: si j'étais coupable en cette circonstance d'un excès de fierté, j'en devais souffrir seul, et par conséquent cela ne regardait que moi.

Là-dessus je me suis dirigé vers la Sorbonne, où j'ai assisté successivement à plusieurs cours, en essayant de

combler à force de jouissances spirituelles le vide qui se
faisait sentir dans mon temporel ; mais l'heure est venue
où cette ressource m'a manqué, et aussi bien je commençais à la trouver insuffisante. J'éprouvais surtout une
forte irritation nerveuse que j'espérais calmer en marchant.
La journée était froide et brumeuse. Comme je passais
sur le pont des Saints-Pères, je me suis arrêté un instant presque malgré moi ; je me suis accoudé sur le
parapet, et j'ai regardé les eaux troublées du fleuve se précipiter sous les arches. Je ne sais quelles pensées maudites
ont traversé en ce moment mon esprit fatigué et affaibli
je me suis représenté soudain sous les plus insupportables
couleurs l'avenir de lutte continuelle, de dépendance et
d'humiliation dans lequel j'entrais lugubrement par la
porte de la faim ; j'ai senti un dégoût profond, absolu, et
comme une impossibilité de vivre. En même temps un flot
de colère sauvage et brutale me montait au cerveau, j'ai eu
comme un éblouissement, et, me penchant dans le vide, j'ai
vu toute la surface du fleuve se pailleter d'étincelles.....

Je ne dirai pas, suivant l'usage ! Dieu ne l'a pas voulu.
Je n'aime pas ces formules banales. J'ose dire : Je ne
l'ai pas voulu ! Dieu nous a faits libres, et si j'en avais
pu douter auparavant, cette minute suprême où l'âme et
le corps, le courage et la lâcheté, le bien et le mal, se
livraient en moi si clairement un mortel combat, cette
minute eût emporté mes doutes à jamais.

Redevenu maître de moi, je n'ai plus éprouvé vis-à-vis
de ces ondes redoutables que la tentation fort innocente
et assez niaise d'y étancher la soif qui me dévorait. J'ai
réfléchi au surplus que je trouverais dans ma chambre
une eau beaucoup plus limpide, et j'ai pris rapidement le

chemin de l'hôtel, en me faisant une image délicieuse des plaisirs qui m'y attendaient. Dans mon triste enfantillage, je m'étonnais, je ne revenais pas de n'avoir point songé plus tôt à cet expédient vainqueur. Sur le boulevard, je me suis croisé tout à coup avec Gaston de Vaux, que je n'avais pas vu depuis deux ans. Il s'est arrêté après un mouvement d'hésitation, m'a serré cordialement la main, m'a dit deux mots de mes voyages et m'a quitté à la hâte. Puis, revenant sur ces pas: "Mon ami, m'a-t-il dit, il faut que tu me permettes de t'associer à une bonne fortune qui m'est arrivée ces jours-ci. J'ai mis la main sur un trésor: j'ai reçu une cargaison de cigares qui me coûtent deux francs chacun, mais qui sont sans prix. En voici un, tu m'en diras des nouvelles. A revoir, mon bon."

J'ai monté péniblement mes six étages, et j'ai saisi, en tremblant d'émotion, ma bienheureuse carafe, dont j'ai épuisé le contenu à petites gorgées; après quoi j'ai allumé le cigare de mon ami, en m'adressant dans ma glace un sourire d'encouragement. Je suis ressorti aussitôt, convaincu que le mouvement physique et les distractions de la rue m'étaient salutaires. En ouvrant ma porte, j'ai été surpris et mécontent d'apercevoir dans l'étroit corridor la femme du concierge de l'hôtel, qui a paru décontenancée de ma brusque apparition. Cette femme a été autrefois au service de ma mère, qui l'avait prise en affection, et que lui donna en la mariant la place lucrative qu'elle occupe encore aujourd'hui. J'avais cru remarquer depuis quelques jours qu'elle m'épiait, et, la suprenant cette fois presque en flagrant délit: "Qu'est-ce que vous voulez? lui ai-je dit violemment. — Rien, monsieur Maxime, rien, a-t-elle répondu fort troublée;

3

j'apprêtais le gaz." J'ai levé les épaules, et je suis
parti.

Le jour tombait. J'ai pu me promener dans les lieux
les plus fréquentés sans craindre de fâcheuses reconnais-
sances. J'ai été forcé de jeter mon cigare, qui me faisait
mal. Ma promenade a duré deux ou trois heures, des
heures cruelles. Il y a quelque chose de particulièrement
poignant à se sentir attaqué, au milieu de tout l'éclat et
de toute l'abondance de la vie civilisée, par le fléau de la
vie sauvage, la faim. Cela tient de la folie; c'est un tigre
qui vous saute à la gorge en plein boulevard.

Je faisais des réflexions nouvelles. Ce n'est donc pas
un vain mot, la faim! Il y a donc vraiment une maladie
de ce nom-là; il y a vraiment des créatures humaines qui
souffrent à l'ordinaire, et presque chaque jour, ce que je
souffre, moi, par hasard, une fois en ma vie. Et pour
combien d'entre elles cette souffrance ne se complique-t-
elle pas encore de raffinements qui me sont épargnés?
Le seul être qui m'intéresse au monde, je le sais du moins
à l'abri des maux que je subis: je vois son cher visage
heureux, rose et souriant. Mais ceux qui ne souffrent pas
seuls, ceux qui entendent le cri déchirant de leurs entrailles
répété par des lèvres aimées et suppliantes, ceux qu'attendent dans leur froid logis des femmes aux joues pâles
et des petits enfants sans sourire!... Pauvres gens!... O
sainte charité!

Ces pensées m'ôtaient le courage de me plaindre; elles
m'ont donné celui de soutenir l'épreuve jusqu'au bout.
Je pouvais en effet l'abréger. Il y a ici deux ou trois
restaurants où je suis connu, et il m'est arrivé souvent,
quand j'étais riche, d'y entrer sans scrupule, quoique

j'eusse oublié ma bourse. Je pouvais user de ce procédé.
Il ne m'eût pas été plus difficile de trouver à emprunter
cent sous dans Paris; mais ces expédients, qui sentaient
la misère et la tricherie, m'ont décidément répugné. Pour
les pauvres, cette pente est glissante, et je n'y veux même
pas poser le pied : j'aimerais autant, je crois, perdre la
probité même que de perdre la délicatesse, qui est la distinction de cette vertu vulgaire. Or, j'ai trop souvent
remarqué avec quelle facilité terrible ce sentiment exquis
de l'honnête se déflore et se dégrade dans les âmes les
mieux douées, non-seulement au souffle de la misère, mais
au simple contact de la gêne, pour ne pas veiller sur moi
avec sévérité, pour ne pas rejeter désormais comme sus-
pectes les capitulations de conscience qui semblent le plus
innocentes. Il ne faut pas, quand les mauvais temps
viennent, habituer son âme à la souplesse; elle n'a que
trop de penchant à plier.

La fatigue et le froid m'ont fait rentrer vers neuf heures.
La porte de l'hôtel s'est trouvée ouverte; je gagnais
l'escalier d'un pas de fantôme, quand j'ai entendu dans
la loge du concierge le bruit d'une conversation animée
dont je paraissais faire les frais, car en ce moment même
le tyran du lieu prononçait mon nom avec l'accent du
mépris.

— Fais-moi le plaisir, disait-il, madame Vauberger, de
me laisser tranquille avec ton Maxime. Est-ce moi qui
l'ai ruiné, ton Maxime? Eh bien! qu'est-ce que tu me
chantes alors? S'il se tue, on l'enterrera, quoi!

— Je te dis, Vauberger, a repris la femme, que ça t'aurait
fendu le cœur si tu l'avais vu avaler sa carafe... Et si je
croyais, vois-tu, que tu penses ce que tu dis, quand tu dis

nonchalamment, comme un acteur: "S'il se tue, on l'enterrera!..." Mais je ne le crois pas, parce qu'au fond tu es un brave homme, quoique tu n'aimes pas à être dérangé de tes habitudes... Songe donc, Vauberger, manquer de feu et de pain! Un garçon qui a été nourri toute sa vie avec du blanc-manger et élevé dans les fourrures comme un pauvre chat chéri! Ce n'est pas une honte et une indignité, ça, et ce n'est pas un drôle de gouvernement que ton gouvernement qui permet de choses pareilles!

— Mais ça ne regarde pas du tout le gouvernement, a répondu avec assez de raison M. Vauberger... Et puis, tu te trompes, je te dis... il n'en est pas là... il ne manque pas de pain... C'est impossible!

— Eh bien! Vauberger, je vais te dire tout: je l'ai suivi, je l'ai espionné, là, et je l'ai fait espionner par Édouard; eh bien! je suis sûre qu'il n'a pas dîné hier, qu'il n'a pas déjeuné ce matin, et comme j'ai fouillé dans toutes ses poches et dans tous ses tiroirs, et qu'il n'y reste pas un rouge liard, bien certainement il n'aura pas encore dîné aujourd'hui, car il est trop fier pour aller mendier un dîner...

— Eh bien! tant pis pour lui! Quand on est pauvre, il ne faut pas être fier, a dit l'honorable concierge, qui m'a paru en cette circonstance exprimer les sentiments d'un portier.

J'avais assez de ce dialogue; j'y ai mis fin brusquement en ouvrant la porte de la loge, et en demandant une lumière à M. Vauberger, qui n'aurait pas été plus consterné, je crois, si je lui avais demandé sa tête. Malgré tout le désir que j'avais de faire bonne contenance devant ces gens, il m'a été impossible de ne pas trébucher une ou deux fois dans l'escalier : la tête me tournait. En entrant dans ma chambre, ordinairement glaciale, j'ai eu la surprise d'y trouver une température tiède, doucement entretenue par un feu clair et joyeux. Je n'ai pas eu le rigorisme de l'éteindre ; j'ai béni les braves cœurs qu'il y a dans le monde ; je me suis étendu dans un vieux fauteuil en velours d'Utrecht que des revers de fortune ont fait passer, comme moi-même, du rez-de-chaussée à la mansarde, et j'ai essayé de sommeiller. J'etais depuis une demi-heure environ plongé dans une sorte de torpeur dont la rêverie uniforme me présentait le mirage de somptueux festins et de grasses kermesses, quand le bruit de la porte qui s'ouvrait m'a réveillé en sursaut. J'ai cru rêver encore, en voyant entrer Mme. Vauberger ornée d'un vaste plateau sur lequel fumaient deux ou trois plats odoriférants. Elle avait déjà posé son plateau sur le parquet et commencé à étendre un nappe sur la table avant que j'eusse pu secouer entièrement ma léthargie. Enfin je me suis levé brusquement.

—Qu'est-ce que c'est ? ai-je dit. Qu'est-ce que vous faites ?

Mme. Vauberger a feint une vive surprise.

— Est-ce que monsieur n'a pas demandé à dîner ?

— Pas du tout.

— Édouard m'a dit que monsieur...

— Édouard s'est trompé : c'est quelque locataire à côté ; voyez.

— Mais il n'y a pas de locataire sur le palier de monsieur... Je ne comprends pas...

— Enfin ce n'est pas moi... Qu'est-ce que cela veut donc dire ? Vous me fatiguez ! Emportez cela !

La pauvre femme s'est mise alors à replier tristement sa nappe, en me jetant les regards éplorés d'un chien qu'on a battu. — Monsieur a probablement dîné? a-t-elle repris d'une voix timide.

— Probablement.

— C'est dommage, car le dîner était tout prêt; il va être perdu, et le petit va être grondé par son père. Si monsieur n'avait pas eu dîné par hasard, monsieur m'aurait bien obligée...

J'ai frappé du pied avec violence. — Allez-vous-en, vous dis-je! — Puis, comme elle sortait, je me suis approché d'elle: — Ma bonne Louison, je vous comprends, je vous remercie; mais je suis un peu suffrant ce soir, je n'ai pas faim.

— Ah! monsieur Maxime, s'est-elle écriée en pleurant, si vous saviez comme vous me mortifiez! Eh bien! vous me payerez mon dîner, là, si vous voulez; vous me mettrez de l'argent dans la main quand il vous en reviendra;... mais vous pouvez être bien sûr que quand vous me donneriez cent mille francs, ça ne me ferait pas autant de plaisir que de vous voir manger mon pauvre dîner! C'est une fière aumône que vous me feriez, allez! Vous qui avez de l'esprit, monsieur Maxime, vous devez bien comprendre ça, pourtant.

— Eh bien! ma chère Louison...que voulez-vous? Je ne peux pas vous donner cent mille francs...mais je m'en vais manger votre dîner...Vous me laisserez seul, n'est-ce pas?

— Oui, monsieur. Ah! merci, monsieur. Je vous remercie bien, monsieur. Vous avez bon cœur.

— Et bon appétit aussi, Louison. Donnez-moi votre

main : ce n'est pas pour y mettre de l'argent, soyez tranquille. Là... A revoir, Louison.

L'excellente femme est sortie en sanglotant.

J'achevais d'écrire ces lignes après avoir fait honneur
au dîner de Louison, quand j'ai entendu dans l'escalier le
bruit d'un pas lourd et grave ; en même temps j'ai cru
distinguer la voix de mon humble providence s'exprimant
sur le ton d'une confidence hâtive et agitée. Peu d'instants après, on a frappé, et, pendant que Louison s'éffaçait
dans l'ombre, j'ai vu paraître dans le cadre de la porte la
silhouette solennelle du vieux notaire. M. Laubépin a
jeté un regard rapide sur le plateau où j'avais réuni les
débris de mon repas ; puis, s'avançant vers moi et ouvrant
les bras en signe de confusion et de reproche à la fois. —
Monsieur le marquis, a-t-il dit, au nom du ciel ! comment
ne m'avez-vous pas ?... — Il s'est interrompu, s'est promené à grands pas à travers la chambre, et s'arrêtant tout
à coup : — Jeune homme, a-t-il repris, ce n'est pas bien ;
vous avez blessé un ami, vous avez fait rougir un vieillard !
— Il était fort ému. Je le regardais, un peu ému moi-
même et ne sachant trop que répondre, quand il m'a
brusquement attiré sur sa poitrine, et, me serrant à
m'étouffer, il a murmuré à mon oreille : — Mon pauvre
enfant !... — Il y a eu ensuite un moment de silence
entre nous. Nous nous sommes assis. — Maxime, a repris
alors M. Laubépin, êtes-vous toujours dans les dispositions
où je vous ai laissé ? Aurez-vous le courage d'accepter
le travail le plus humble, l'emploi le plus modeste, pourvu
seulement qu'il soit honorable, et qu'en assurant votre
existence personelle, il éloigne de votre sœur dans le

présent et dans l'avenir, les douleurs et les dangers de la
pauvreté?

— Très-certainement, monsieur ; c'est mon devoir, je
suis prêt à le faire.

— En ce cas, mon ami, écoutez-moi. J'arrive de Bretagne. Il existe dans cette ancienne province une opulente
famille du nom de Laroque, laquelle m'honore depuis
longues années de son entière confiance. Cette famille
est représentée aujourd'hui par un vieillard et par deux
femmes, que leur âge ou leur caractère rend tous également inhabiles aux affaires. Les Laroque possèdent une
fortune territoriale considérable, dont la gestion était
confiée dans ces derniers temps à un intendant que je
prenais la liberté de regarder comme un fripon. J'ai reçu
le lendemain de notre entrevue, Maxime, la nouvelle de
la mort de cet individu : je me suis mis en route immédiatement pour le château de Laroque, et j'ai demandé
pour vous l'emploi vacant. J'ai fait valoir votre titre
d'avocat, et plus particulièrement vos qualités morales.
Pour me conformer à votre désir, je n'ai point parlé de
votre naissance : vous n'êtes et ne serez connu dans la
maison que sous le nom de Maxime Odiot. Vous habite-
rez un pavillon séparé où l'on vous servira vos repas,
lorsqu'il ne vous sera pas agréable de figurer à la table de
famille. Vos honoraires sont fixés à six mille francs par
an. Cela vous convient-il?

— Cela me convient à merveille, et toutes les précautions, toutes les délicatesses de votre amitié me touchent
vivement ; mais, pour vous dire la vérité, je crains d'être
un homme d'affaires un peu étrange, un peu neuf.

— Sur ce point, mon ami, rassurez-vous. Mes scrupules

ont devancé les vôtres, et je n'ai rien caché aux intéressés.
— Madame, ai-je dit à mon excellente amie Mme. Laroque,
vous avez besoin d'un intendant, d'un gérant pour votre
fortune: je vous en offre un. Il est loin d'avoir l'habileté
de son prédécesseur; il n'est nullement versé dans les
mystères des baux et fermages; il ne sait pas le premier
mot des affaires que vous daignerez lui confier; il n'a
point de connaissances spéciales, point de pratique, point
d'expérience, rien de ce qui s'apprend; mais il a quelque
chose qui manquait à son prédécesseur, que soixante ans
de pratique n'avaient pu lui donner, et que dix mille ans
n'auraient pu lui donner davantage: il a, madame, la
probité. Je l'ai vu au feu, et j'en réponds. Prenez-le:
vous serez mon obligée et la sienne. — Mme. Laroque,
jeune homme, a beaucoup ri de ma manière de recommander les gens; mais finalement il paraît que c'était une
bonne manière, puisqu'elle a réussi.

Le digne vieillard s'est offert alors à me donner quelques
notions élémentaires et générales sur l'espèce d'adminis-
tration dont je vais être chargé; il y ajouta, au sujet
des intérêts de la famille Laroque, des renseignements
qu'il a pris la peine de recueillir et de rédiger pour
moi.

— Et quand devrai-je partir, mon cher monsieur?

— Mais, à vrai dire, mon garçon (il n'était plus question
de monsieur le marquis), le plus tôt sera le mieux, car ces
gens là-bas ne sont pas capables à eux tous de faire une
quittance. Mon excellente amie Mme. Laroque en particulier, femme d'ailleurs recommandable à divers titres,
est en affaires d'une incurie, d'une inaptitude, d'une enfance qui dépasse l'imagination. C'est une créole.

— Ah! c'est une créole? ai-je répété avec je ne sais quelle vivacité.

— Oui, jeune homme, une vieille créole, a repris sèchement M. Laubépin. Son mari était breton; mais ces détails viendront en leur temps..... A demain, Maxime, bon courage!... Ah! j'oubliais... Jeudi matin, avant mon départ, j'ai fait une chose qui ne vous sera pas désagréable. Vous aviez parmi vos créanciers quelques fripons dont les relations avec votre père avaient été visiblement entachées d'usure; armé des foudres légales, j'ai réduit leurs créances de moitié, et j'ai obtenu quittance du tout. Il vous reste en définitive un capital d'une vingtaine de mille francs. En joignant à cette réserve les économies que vous pourrez faire chaque année sur vos honoraires, nous aurons dans dix ans une jolie dot pour Hélène... Ah ça, venez demain déjeuner avec maître Laubépin, et nous achèverons de régler cela... Bonsoir, Maxime, bonne nuit, mon cher enfant.

— Que Dieu vous bénisse, monsieur!

CHÂTEAU DE LAROQUE (D'ARZ), 1er mai.

J'ai quitté Paris hier. Ma dernière entrevue avec M. Laubépin a été pénible. J'ai voué à ce vieillard les sentiments d'un fils. Il a fallu ensuite dire adieu à Hélène. Pour lui faire comprendre la nécessité où je me trouve d'accepter un emploi, il était indispensable de lui laisser entrevoir une partie de la vérité. J'ai parlé de quelques embarras de fortune passagers. La pauvre enfant en a compris, je crois, plus que je n'en disais: ses grands yeux étonnés se sont remplis de larmes, et elle m'a sauté au cou.

Enfin je suis parti. Le chemin de fer m'a mené à Rennes, où j'ai passé la nuit. Ce matin, je suis monté dans une diligence qui devait me déposer cinq ou six heures plus tard dans une petite ville du Morbihan, située à peu de distance du château de Laroque. J'ai fait une dizaine de lieues au delà de Rennes sans parvenir à me rendre compte de la réputation pittoresque dont jouit dans le monde la vieille Armorique. Un pays plat, vert et monotone, d'éternels pommiers dans d'éternelles prairies, des fossés et des talus boisés bornant la vue des deux côtés de la route, tout au plus quelques petits coins d'une grâce champêtre, des blouses et des chapeaux cirés pour animer ces tableaux vulgaires, tout cela me donnait fortement à penser depuis la veille que la poétique Bretagne n'était qu'une sœur prétentieuse et même un peu maigre de la Basse-Normandie. Fatigué de déceptions et de pommiers, j'avais cessé depuis une heure d'accorder la moindre attention au paysage, et je sommeillais tristement, quand il m'a semblé tout à coup m'apercevoir que notre lourde voiture penchait en avant plus que de raison: en même temps l'allure des chevaux se ralentissait sensiblement, et un bruit de ferrailles, accompagné d'un frottement particulier, m'annonçait que le dernier des conducteurs venait d'appliquer le dernier des sabots à la roue de la dernière diligence. Une vieille dame, qui était assise près de moi, m'a saisi le bras avec cette vive sympathie que fait naître la communauté du danger. J'ai mis la tête à la portière: nous descendions, entre deux talus élevés, une côte extrêmement raide, conception d'un ingénieur véritablement trop ami de la ligne droite, moitié glissant, moitié roulant, nous n'avons pas tardé à nous trouver dans un étroit vallon d'un aspect sinistre, au fond duquel un chétif ruisseau coulait péniblement et sans bruit entre d'épais roseaux; sur ces rives écroulées se tordaient quelques vieux troncs couverts de mousse. La route traversait ce ruisseau sur un pont d'une seule arche, puis elle remontait la pente opposée en traçant un sillon blanc à travers une lande immense, aride et absolument nue, dont le sommet coupait le ciel vigoureusement en face de nous. Près du pont, et au bord du chemin, s'élevait une masure solitaire dont l'air de profond abandon serrait le cœur. Un homme jeune et robuste était occupé à fendre du bois devant la porte : un cordon noir retenait par derrière ses longs cheveux d'un blond pâle. Il a levé la tête, et j'ai été surpris du caractère étranger de ses traits, du regard calme de ses yeux bleus : il m'a salué dans une langue inconnue d'un accent bref, doux et sauvage. A la fenêtre de la chaumière se tenait une femme qui filait : sa coiffure et la coupe de ses vêtements reproduisaient avec une exactitude théâtrale l'image de ces grêles châtelaines de pierre qu'on voit couchées sur les tombeaux. Ces gens n'avaient point la mine de paysans : ils avaient au plus haut degré cette apparence aisée, gracieuse et grave qu'on nomme l'air distingué. Leur physionomie portait cette expression triste et rêveuse que j'ai souvent remarquée avec émotion chez les peuples dont la nationalité est perdue.

J'avais mis pied à terre pour monter la côte. La lande, que rien ne séparait de la route, s'étendait tout autour de moi à perte de vue : partout de maigres ajoncs rampant sur une terre noire; çà et là des ravines, des crevasses, des carrières abandonnées, quelques rochers affleurant le sol; pas un arbre. Seulement, quand je suis arrivé sur le plateau, j'ai vu à ma droite la ligne sombre de la lande découper dans l'extrême lointain une bande d'horizon plus lointaine encore, légèrement dentelée, bleue comme la mer, inondée de soleil, et qui semblait ouvrir au milieu de ce site désolé la soudaine perspective de quelque région radieuse et féerique; c'était enfin la Bretagne!

J'ai dû fréter un voiturin dans la petite ville de ***** pour faire les deux lieues qui me séparaient encore du terme de mon voyage. Pendant le trajet, qui n'a pas été des plus rapides, je me souviens confusément d'avoir vu passer sous mes yeux des bois, des clairières, des lacs, des oasis de fraîche verdure cachées dans les vallons; mais en approchant du château de Laroque, je me sentais assailli par mille pensées pénibles qui laissaient peu de place aux préoccupations du touriste. Encore quelques instants, et j'allais entrer dans une famille inconnue sur le pied d'une sorte de domesticité déguisée, avec un titre qui m'assurait à peine les égards et le respect des valets de la maison; ceci était nouveau pour moi. Au moment même ou M. Laubépin m'avait proposé cet emploi d'intendant, tous mes instincts, toutes mes habitudes s'étaient insurgés violemment contre le caractère de dépendance particulière attaché à de telles fonctions. J'avais cru néanmoins qu'il m'était impossible de les refuser sans paraître infliger aux démarches empressées de mon vieil ami en ma faveur une sorte de blâme décourageant. De plus, je ne pouvais espérer d'obtenir avant plusieurs années dans des fonctions plus indépendantes les avantages qui m'étaient faits ici dès le début, et qui allaient me permettre de travailler sans retard à l'avenir de ma sœur. J'avais donc vaincu mes répugnances, mais elles avaient été bien vives, et elles se réveillaient avec plus de force en face de l'imminente réalité. J'ai eu besoin de relire dans le code que tout homme porte en soi les chapitres du devoir et du sacrifice ; en même temps je me répétais qu'il n'est pas de situation si humble où la dignité personnelle ne se puisse soutenir et qu'elle ne puisse relever. Puis je me traçais un plan de conduite vis-à-vis des membres de la famille Laroque, me promettant de témoigner pour leurs intérêts un zèle consciencieux, pour leurs personnes une juste déférence, également éloignée de la servilité et de la raideur. Mais je ne pouvais me dissimuler que cette dernière partie de ma tâche, la plus délicate sans contredit, devrait être simplifiée ou compliquée singulièrement par la nature spéciale des caractères et des esprits avec lesquels j'allais me trouver en contact. Or M. Laubépin, tout en reconnaissant ce que ma sollicitude sur l'article personnel avait de légitime, s'était montré obstinément avare de renseignements et de détails à ce sujet. Toutefois à l'heure du départ il m'avait remis une note confidentielle, en me recommandant de la jeter au feu dès que j'en aurais fait mon profit. J'ai tiré cette note de mon portefeuille, et je me suis mis à en étudier les termes sibyllins, que je reproduis ici exactement.

Château de Laroque (d'Arz).

État des personnes qui habitent ledit château.

"1o. M. Laroque (Louis-Auguste), octogénaire, chef actuel de la famille, source principale de la fortune; ancien marin, célèbre sous le premier empire en qualité de corsaire autorisé; paraît s'être enrichi sur mer par des entreprises légales de diverse nature; a longtemps habité les colonies. Originaire de Brétagne, il est revenu s'y fixer, il y a une trentaine d'annèes, en compagnie de feu Pierre-Antoine Laroque, son fils unique, époux de

"2o. Mme. Laroque (Josephine-Clara), belle-fille du susnommé; créole d'origine, âgée de quarante ans; caractère indolent, esprit romanesque, quelques manies: belle âme;

"3o. Mlle. Laroque (Marguerite-Louise), petite-fille, fille et présomptive héritière des précédents, âgée de vingt ans; créole et bretonne; quelques chimères: belle âme;

"4o. Mme. Aubry, veuve du sieur Aubry, agent de change, décédé en Belgique; cousine au deuxième degré, recueillie dans la maison: esprit aigri;

"5o. Mlle. Hélouin (Caroline-Gabrielle), vingt-six ans; ci-devant institutrice, aujourd'hui demoiselle de compagnie: esprit cultivé, caractère douteux.

"Brûlez."

Ce document, malgré la réserve qui le caractérisait, ne m'a pas été inutile: j'ai senti se dissiper, avec l'horreur de

l'inconnu, un partie de mes appréhensions. D'ailleurs s'il
y avait, comme le prétendait M. Laubépin, deux belles
âmes dans le château de Laroque, c'était assurément plus
qu'on n'avait droit d'espérer sur une proportion de cinq
habitants.

Après deux heures de marche, le voiturier s'est arrêté
devant une grille flanquée de deux pavillons qui servent
de logement à un concierge. J'ai laissé là mon gros
bagage, et je me suis acheminé vers le château, tenant
d'une main mon sac de nuit et décapitant de l'autre à
coups de canne les marguerites qui perçaient le gazon.
Après avoir fait quelques centaines de pas entre deux
rangs d'énormes châtaigniers, je me suis trouvé dans un
vaste jardin de disposition circulaire, qui paraît se trans-
former en parc un peu plus loin. J'apercevais à droite
et à gauche de profondes perspectives ouvertes entre
d'épais massifs déjà verdoyants, des pièces d'eau fuyant
sous les arbres, et des barques blanches remisées sous des
toits rustiques.—En face de moi s'élevait le château, con-
struction considérable, dans le goût élégant et à demi
italien des premières années de Louis XIII. Il est pré-
cédé d'une terrasse qui forme, au pied d'un double perron
et sous les hautes fenêtres de la façade, une sorte de
jardin particulier auquel on accède par plusieurs escaliers
larges et bas. L'aspect riant et fastueux de cette demeure
m'a causé un véritable désappointement, qui n'a point
diminué, lorsqu'en approchant de la terrasse, j'ai entendu
un bruit de voix jeunes et joyeuse qui se détachait sur le
bourdonnement plus lointain d'un piano. J'entrais
décidement dans un lieu de plaisance, bien différent du
vieux et sévère donjon que j'avais aimé à me figurer.

Toutefois ce n'était plus l'heure des réflexions; j'ai gravi
lestement les degrés, et je me suis trouvé tout à coup en
face d'une scène qu'en toute autre circonstance j'aurais
jugée assez gracieuse. Sur une des pelouses du parterre,
une demi-douzaine de jeunes filles, enlacées deux à deux
et se riant au nez, tourbillonnaient dans un rayon de
soleil, tandis qu'un piano touché par une main savante,
leur envoyait, à travers une fenêtre ouverte, les mesures
d'une valse impétueuse. J'ai eu du reste à peine le temps
d'entrevoir les visages animés des danseuses, les cheveux
dénoués, les larges chapeaux flottant sur les épaules: ma
brusque apparition a été saluée par un cri général, suivi
aussitôt d'un silence profond; les danses avaient cessé, et
toute la bande, rangée en bataille, attendait gravement
le passage de l'étranger. L'étranger cependant s'était
arrêté, non sans laisser voir un peu d'embarras. Quoique
ma pensée n'appartienne guère depuis quelque temps aux
prétentions mondaines, j'avoue que j'aurais en ce moment
fait bon marché de mon sac de nuit. Il a fallu en prendre
mon parti. Comme je m'avançais, mon chapeau à la
main, vers le double escalier qui donne accès dans le vestibule du château, le piano s'est interrompu tout à coup.
J'ai vu se présenter d'abord à la fenêtre ouverte un
énorme chien de l'espèce des terre-neuve, qui a posé sur
la barre d'appui son mufle léonin entre ses deux pattes
velues; puis l'instant d'après a paru une jeune fille d'une
taille élevée, dont le visage un peu brun et la physionomie
sérieuse étaient encadrés dans une masse épaisse de cheveux noirs et lustrés. Ses yeux, qui m'ont semblé d'une
dimension extraordinaire, ont interrogé avec une curiosité
nonchalante la scène qui se passait au dehors.—Eh bien!

4

qu'est-ce qu'il y a donc? a-t-elle dit d'une voix tranquille.
— Je lui ai adressé une profonde inclination, et, maudissant une fois de plus mon sac de nuit, qui amusait visiblement ces demoiselles, je me suis hâté de franchir le perron.

Un domestique à cheveux gris, vêtu de noir, que j'ai trouvé dans le vestibule, a pris mon nom. J'ai été introduit, quelques minutes plus tard, dans un vaste salon tendu de soie jaune, où j'ai reconnu d'abord la jeune personne que je venais de voir à la fenêtre, et qui était définitivement d'une extrême beauté. Près de la cheminée, où flamboyait une véritable fournaise, une dame d'un âge moyen, et dont les traits accusaient fortement le type créole, se tenait ensevelie dans un grand fauteuil compliqué d'édredons, de coussins et de coussinets de toutes proportions. Un trépied de forme antique, que surmontait un *brasero* allumé, était placé à sa portée, et elle en approchait par intervalles ses mains grêles et pâles. A côté de Mme Laroque était assise une dame qui tricotait: à sa mine morose et disgracieuse, je n'ai pu méconnaître la cousine au deuxième degré, veuve de l'agent de change décédé en Belgique.

Le premier regard qu'a jeté sur moi Mme Laroque m'a parut empreint d'une surprise touchant à la stupeur. Elle m'a fait répéter mon nom. — Pardon!... Monsieur?...
— Odiot, madame.
— Maxime Odiot, le gérant, le régisseur que M. Laubépin?...
— Oui, madame.
— Vous êtes bien sûr?

Je n'ai pu m'empêcher de sourire. — Mais oui, madame, parafaitement.

Elle a jeté un coup d'œil rapide sur la veuve de l'agent de change, puis sur la jeune fille au front sévère comme pour leur dire : — Concevez-vous ça ? — Après quoi elle s'est agitée légèrement dans ses coussinets, et a repris :

— Enfin ! veuillez vous asseoir, monsieur Odiot. Je vous remercie beaucoup, monsieur, de vouloir bien nous consacrer vos talents. Nous avons grand besoin de votre aide, je vous assure, car enfin nous avons, on ne peut le nier, le malheur d'être fort riches... — S'apercevant qu'a ces mots la cousine au deuxième degré levait les épaules : — Oui, ma chère madame Aubry, a poursuivi Mme Laroque, j'y tiens. En me faisant riche, le bon Dieu a voulu m'éprouver. J'étais née positivement pour la pauvreté, pour les privations, pour le dévouement et le sacrifice ; mais j'ai toujours été contrariée. Par exemple, j'aurais aimé à avoir un mari infirme. Eh bien ! M. Laroque était un homme d'une admirable santé. Voilà comme ma destinée a été et sera manquée d'un bout à l'autre...

— Laissez donc, a dit sèchement Mme Aubry. La pauvreté vous irait bien à vous, qui ne savez vous refuser aucune douceur, aucun raffinement !

— Permettez, chère madame, a repris Mme Laroque, je n'ai aucun goût pour les dévouements inutiles. Quand je me condamnerais aux privations les plus dures, à qui ou à quoi cela profiterait-il ? Quand je gèlerais du matin au soir, en seriez-vous plus heureuse ?

Mme Aubry a fait entendre d'un geste expressif qu'elle n'en serait pas plus heureuse, mais qu'elle considérait le langage de Mme Laroque comme prodigieusement affecté et ridicule.

—Enfin, a continué celle-ci, bonheur ou malheur, peu importe. Nous sommes donc très-riches, monsieur Odiot, et si peu de cas que je fasse moi-même de cette fortune, mon devoir est de la conserver pour ma fille, quoique la pauvre enfant ne s'en soucie pas plus que moi, n'est-ce pas, Marguerite?

A cette question, un faible sourire a entr'ouvert les lèvres dèdaigneuses de Mlle Marguerite, et l'arc allongé de ses sourcils s'est tendu légèrement, après quoi cette physionomie grave et superbe est rentrée dans le repos.

—Monsieur, a repris Mme Laroque, on va vous montrer le logement que nous vous avons destiné, sur le désir formel de M. Laubépin; mais auparavant permettez qu'on vous conduise chez mon beau-père, qui sera bien aise de vous voir. Voulez-vous sonner, ma chère cousine? J'espère, monsieur Odiot, que vous nous ferez le plaisir de dîner aujourd'hui avec nous. Bonjour, monsieur, à bientôt.

On m'a confié aux soins d'un domestique qui m'a prié d'attendre, dans une pièce contiguë à celle d'où je sortais, qu'il eût pris les ordres de M. Laroque. Cet homme avait laissé la porte du salon entr'ouverte, et il m'a été impossible de ne pas entendre ces paroles prononcées par Mme Laroque sur le ton de bonhomie un peu ironique qui lui est habituel: — Ah ça! comprend-on Laubépin, qui m'annonce un garçon d'un certain âge, très-simple, très-mûr, et qui m'envoie un monsieur comme ça?

Mlle Marguerite a murmuré quelques mots qui m'ont échappé, à mon vif regret, je l'avoue, et auxquels sa mère

a répondu aussitôt : — Je ne te dis pas le contraire, ma
fille ; mais cela n'en est pas moins parfaitement ridicule
de la part de Laubépin. Comment veux-tu qu'un monsieur comme ça s'en aille trotter en sabots dans les terres
labourées ? Je parie que jamais il n'a mis de sabots cet
homme-là. Il ne sait pas même ce que c'est que des
sabots. Eh bien! c'est peut-être un tort que j'ai, ma fille,
mais je ne peux pas me figurer un bon intendant sans
sabots. Dis-moi, Marguerite, j'y pense, si tu l'accompagnais
chez ton grand-père ?

Mlle Marguerite est entrée presque aussitôt dans la
pièce où je me trouvais. En m'apercevant, elle a paru
peu satisfaite.

— Pardon, mademoiselle ; mais ce domestique m'a dit
de l'attendre ici.

Veuillez me suivre, monsieur.

Je l'ai suivie. Elle m'a fait monter un escalier, traverser plusieurs corridors, et m'a introduit enfin dans une
espèce de galerie où elle m'a laissé. Je me suis mis à
examiner quelques tableaux suspendus au mur. Ces
peintures étaient pour la plupart des marines fort médi-
ocres consacrées à la gloire de l'ancien corsaire de l'empire. Il y avait plusieurs combats de mer un peu enfumés,
dans lesquels il était évident toutefois que le petit brick
l'Aimable, capitaine Laroque, vingt-six canons, causait à
John Bull les plus sensibles désagréments. Puis venaient
quelques portraits en pied du capitaine Laroque, qui
ont attiré mon attention spéciale. Ils représentaient tous,
sauf de légères variantes, un homme d'une taille gigantesque, portant une sorte d'uniforme républicain à grands
parements, chevelu comme Kléber, et poussant droit

devant lui un regard énergique, ardent et sombre, au total une espèce d'homme qui n'avait rien de plaisant. Comme j'étudiais curieusement cette grande figure, qui réalisait à merveille l'idée qu'on se fait en général d'un corsaire, et même d'un pirate, Mlle Marguerite m'a prié d'entrer. — Je me suis trouvé alors en face d'un vieillard maigre et décrépit dont les yeux conservaient à peine l'étincelle vitale, et qui, pour me faire accueil, a touché d'une main tremblante le bonnet de soie noire qui couvrait son crâne luisant comme l'ivorie.

— Grand-père, a dit Mlle Marguerite en élevant la voix, c'est M. Odiot.

Le pauvre vieux corsaire s'est un peu soulevé sur son fauteuil en me regardant avec une expression terne et indécise. Je me suis assis, sur un signe de Mlle Marguerite, qui a répété : — M. Odiot, le nouvel intendant, mon père !

— Ah ! bonjour, monsieur, a murmuré le vieillard. — Une pause du plus pénible silence a suivi. Le capitaine Laroque, le corps courbé en deux et la tête pendante, continuait à fixer sur moi son regard effacé. Enfin, paraissant tout à coup rencontrer un sujet d'entretien d'un intérêt capital, il m'a dit d'une voix sourde et profonde : — M. de Beauchêne est mort !

A cette communication inattendue, je n'ai pu trouver aucune réponse : j'ignorais absolument qui pouvait être ce M. de Beauchêne, et Mlle Marguerite ne se donnant pas la peine de me l'apprendre, je me suis borné à témoigner, par une faible exclamation de condoléance, de la part que je prenais à ce malheureux événement. Ce n'était pas assez apparemment au gré du vieux capitaine, car il a

repris, le moment d'après, du même ton lugubre : — M. de
Beauchêne est mort !

Mon embarras a redoublé en face de cette insistance.
Je voyais le pied de Mlle Marguerite battre le parquet
avec impatience ; le désespoir m'a pris, et, saisissant au
hasard la première phrase qui m'est venue à la pensée : —
Ah ! et de quoi est-il mort ? ai-je dit.

Cette question ne m'était pas échappée qu'un regard
courroucé de Mlle Marguerite m'avertissait que j'étais
suspect de je ne sais quelle irrévérence railleuse. Bien
que je ne me sentisse réellement coupable que d'une sotte
gaucherie, je me suis empressé de donner à l'entretien un
tour plus heureux. J'ai parlé des tableaux de la galerie,
des grandes émotions qu'ils devaient rappeler au capitaine,
de l'intérêt respectueux que j'éprouvais à contempler le
héros de ces glorieuses pages. Je suis même entré dans
le détail, et j'ai cité avec une certaine chaleur deux ou
trois combats où le brick *l'Aimable* m'avait paru véritablement accomplir des miracles. Pendant que je faisais
preuve de cette courtoisie de bon goût, Mlle Marguerite,
à mon extrême surprise, continuait de me regarder avec
un mécontentement et un dépit manifestes. Son grand-
père cependant me prêtait une oreille attentive : je voyais
sa tête se relever peu à peu. Un sourire étrange éclairait son visage décharné et semblait en effacer les rides.
Tout à coup, saisissant des deux mains les bras de son
fauteuil, il s'est redressé de toute sa taille ; une flamme
guerrière a jailli de ses profondes orbites, et il s'est écrié
d'une voix sonore qui m'a fait tressaillir : — La barre au
vent ! Toute au vent ! Feu bâbord ! Accoste, accoste !
Jetez les grappins ! vivement ! nous le tenons ! Feu là-

haut! un bon coup de balai, nettoyez son pont! A moi maintenant! ensemble! sus à l'Anglais, au Saxon maudit! hourra!—En poussant ce dernier cri, qui a râlé dans sa gorge, le vieillard, vainement soutenu par les mains pieuses de sa petite-fille, est retombé comme écrasé dans son fauteuil. Mlle Laroque m'a fait un signe impérieux, et je suis sorti. J'ai retrouvé mon chemin comme j'ai pu à travers le dédale des corridors et des escaliers, me félicitant vivement de l'esprit d'à-propos que j'avais déployé dans mon entrevue avec le vieux capitaine de *l'Aimable.*

Le domestique à cheveux gris qui m'avait reçu à mon arrivée, et qui se nomme Alain, m'attendait dans le vestibule pour me dire, de la part de Mme Laroque, que je n'avais plus le temps de visiter mon logement avant le dîner, que j'étais bien comme j'étais. Au moment même où j'entrais dans le salon, une société d'une vingtaine de personnes en sortait avec les cérémonies d'usage pour se rendre dans la salle à manger. C'était la première fois, depuis le changement de ma condition, que je me trouvais mêlé à une réunion mondaine. Habitué naguère aux petites distinctions que l'étiquette des salons accorde en général à la naissance et à la fortune, je n'ai pas reçu sans amertume les premiers témoignages de la négligence et du dédain auxquels me condamne inévitablement ma situation nouvelle. Réprimant de mon mieux les révoltes de la fausse gloire, j'ai offert mon bras à une jeune fille de petite taille, mais bien faite et gracieuse, qui restait seule en arrière de tous les convives, et qui etait, comme je l'ai supposé, Mlle Hélouin, l'institutrice. Ma place était marquée à table près de la sienne. Pendant qu'on

s'asseyait, Mlle Marguerite est apparue, comme Antigone,
guidant la marche lente et traînante de son aïeul. Elle
est venue s'asseoir à ma droite, avec cet air de tranquille
majesté qui lui est propre, et le puissant terre-neuve qui
paraît être le gardien attitré de cette princesse, n'a pas
manqué de se poster en sentinelle derrière sa chaise. J'ai
cru devoir exprimer sans retard à ma voisine le regret
que j'éprouvais d'avoir maladroitement évoqué des souvenirs qui semblaient agiter d'une manière fâcheuse l'esprit
de son grand-père.

— C'est à moi de m'excuser, monsieur, a-t-elle répondu;
j'aurais dû vous prévenir qu'il ne faut jamais parler des
Anglais devant mon père... Connaissiez-vous la Bretagne,
monsieur?

J'ai dit que je ne la connaissais pas avant ce jour, mais
que j'étais parfaitement heureux de la connaître, et pour
prouver qu'en outre j'en étais digne, j'ai parlé sur le mode
lyrique des beautés pittoresques qui m'avaient frappé
pendant la route. A l'instant où je pensais que cette
adroite flatterie me conciliait au plus haut degré la bienveillance de la jeune Bretonne, j'ai vu avec étonnement
les symptômes de l'impatience et de l'ennui se peindre
sur son front. J'étais décidément malheureux avec cette
jeune fille.

— Allons! je vois, monsieur, a-t-elle dit avec une singulière expression d'ironie, que vous aimez ce qui est beau,
ce qui parle à l'imagination et à l'âme, la nature, la verdure, les bruyères, les pierres et les beaux-arts. Vous
vous entendrez à merveille avec Mlle Hélouin, qui adore
également toutes ces choses, lesquelles pour mon compte
je n'aime guère.

— Mais, au nom du ciel, qu'est-ce donc que vous aimez, mademoiselle ?

A cette question, que je lui adressais sur le ton d'un aimable enjouement, Mlle Marguerite s'est brusquement tournée vers moi, m'a lancé un regard hautain, et a répondu sèchement : — J'aime mon chien. Ici, Mervyn !

Puis elle a plongé affectueusement sa main dans la profonde fourrure du terre-neuve, qui, mâté sur ses pieds de derrière, allongeait déjà sa tête formidable entre mon assiette et celle de Mlle Marguerite.

Je n'ai pu m'empêcher d'observer avec un intérêt nouveau la physionomie de cette bizarre personne, et d'y chercher les signes extérieurs de la sécheresse d'âme dont elle paraît faire profession. Mlle Laroque, qui m'avait paru d'abord fort grande, ne doit cette apparence qu'au caractère ample et parfaitement harmonieux de sa beauté. Elle est en réalité d'une taille ordinaire. Son visage, d'un ovale un peu arrondi, et son cou, d'une pose exquise et fière, sont légèrement recouverts d'une teinte d'or sombre. Sa chevelure, qui marque sur son front un relief épais, jette à chaque mouvement de la tête des reflets onduleux et bleuâtres ; les narines, délicates et minces, semblent copiées sur le modèle divin d'une madone romaine et sculptées dans une nacre vivante. Au-dessous des yeux, larges, profonds et pensifs, le hâle doré des joues se nuance d'une sorte d'auréole plus brune qui semble une trace projetée par l'ombre des cils ou comme brûlée par le rayonnement ardent du regard. Je puis difficilement rendre la douceur souveraine du sourire qui, par intervalles, vient animer ce beau visage, et tempérer par je ne sais quelle contraction gracieuse l'éclat de ces grands

yeux. Certes la déesse même de la poésie, du rêve et
des mondes enchantés pourrait se présenter hardiment
aux hommages des mortels sous la forme de cette enfant
qui n'aime que son chien. La nature, dans ses produc-
tions les plus choisies, nous prépare souvent ces cruelles
mystifications.

Au surplus, il m'importe assez peu. Je sens assez que
je suis destiné à jouer dans l'imagination de Mlle Marguerite le rôle qu'y pourrait jouer un nègre, objet, comme
on sait, d'une mince séduction pour les créoles. De mon
côté, je me flatte d'être aussi fier que Mlle Marguerite :
le plus impossible des amours pour moi serait celui qui
m'exposerait au soupçon d'intrigue et d'industrie. Je ne
pense pas au reste avoir à m'armer d'une grande force
morale contre un danger qui ne me paraît pas vraisemblable, car la beauté de Mlle Laroque est de celles
qui appellent la pure contemplation d'artiste plutôt qu'un
sentiment d'une nature plus humaine et plus tendre.

Cependant, sur le nom de Mervyn, que Mlle Marguerite avait donné à son garde du corps, ma voisine de
gauche, Mlle Hélouin, s'était lancée à pleines voiles dans
le cycle d'Arthur, et elle a bien voulu m'apprendre que
Mervyn était le nom authentique de l'enchanteur célèbre
que le vulgaire appelle Merlin. Des chevaliers de la
Table-Ronde elle est remontée jusqu'au temps de César,
et j'ai vu défiler devant moi, dans une procession un peu
prolixe, toute la hiérarchie des druides, des bardes et des
ovates, après quoi nous sommes tombés fatalement de
menhir en *dolmen* et de *galgal* en *cromlech*.

Pendant que je m'égarais dans les forêts celtiques sur
les pas de Mlle Hélouin, à laquelle il ne manque qu'un

peu d'embonpoint pour être une druidesse fort passable, la veuve de l'agent de change, placée près de nous, faisait retentir les échos d'une plainte continue et monotone comme celle d'un aveugle : on avait oublié de lui donner un chauffe-pieds ; on lui servait du potage froid ; on lui servait des os décharnés ; voilà comme on la traitait. Au reste, elle y était habituée. Il est triste d'être pauvre, bien triste. Elle voudrait être morte.

— Oui, docteur, — elle s'adressait à son voisin, qui semblait écouter ses doléances avec une affectation d'intérêt tant soit peu ironique, — oui, docteur, ce n'est pas une plaisanterie : je voudrais être morte. Ce serait un grand débarras pour tout le monde d'ailleurs. Songez donc, docteur ! quand on a été dans ma position, quand on a mangé dans de l'argenterie à ses armes,... être réduite à la charité, et se voir le jouet des domestiques ! On ne sait pas tout ce que je souffre dans cette maison, on ne le saura jamais. Quand on a de la fierté, on souffre sans se plaindre ; aussi je me tais, docteur, mais je n'en pense pas moins.

— C'est cela, ma chère dame, a dit le docteur, qui se nomme, je crois, Desmarets, n'en parlons plus : buvez frais, cela vous calmera.

— Rien, rien ne me calmera, docteur, que la mort !

— Eh bien ! madame, quand vous voudrez ! a répliqué le docteur résolument.

Dans une région plus centrale, l'attention des convives était accaparée par la verve insouciante, caustique, et fanfaronne d'un personnage que j'ai entendu nommer M. de Bévallan, et qui paraît jouir ici des droits d'une intimité particulière. C'est un homme d'une grande taille, d'une jeunesse déjà mûre, et dont la tête rappelle assez fidèlement le type du roi François 1er. On l'écoute comme un oracle, et Mlle Laroque elle-même lui accorde autant d'intérêt et d'admiration qu'elle paraît capable d'en concevoir pour quelque chose en ce monde. Pour moi, comme la plupart des saillies que j'entendais applaudir se rapportaient à des anecdotes locales et à des circonstances de clocher, je n'ai pu apprécier qu'incomplétement jusqu'ici le mérite de ce lion armoricain.

J'ai eu toutefois à me louer de sa courtoisie : il m'a offert un cigare après le dîner, et m'a emmené dans le boudoir où l'on fume. Il en faisait en même temps les honneurs à trois ou quatre jeunes gens à peine sortis de l'adolescence, qui le regardent évidemment comme un modèle de belles façons et d'exquise scélératesse. — Eh bien ! Bévallan, a dit un de ces jeunes séides, vous ne renoncez donc pas à la prêtresse du soleil ?

— Jamais ! a répondu M. de Bévallan. J'attendrai dix mois, dix ans, s'il le faut ; mais je l'aurai, ou personne ne l'aura.

— Vous n'êtes pas malheureux, vieux drôle : l'institutrice vous aidera à prendre patience.

— Dois-je vous couper la langue ou les oreilles, jeune Arthur ? a repris à demi-voix M. de Bévallan en s'avançant vers son interlocuteur, et en lui faisant, d'un signe rapide, remarquer ma présence.

On a mis alors sur le tapis, dans un pêle-mêle charmant, tous les chevaux, tous les chiens et toutes les dames du canton. Il serait à désirer, par parenthèse, que les femmes pussent assister secrètement, une fois en leur vie, à une de ces conversations qui se tiennent entre hommes dans

la première effusion qui suit un repas copieux: elles y
trouveraient la mesure exacte de la délicatesse de nos
mœurs et de la confiance qu'elle leur doit inspirer.   Au
surplus, je ne me pique nullement de pruderie; mais
l'entretien dont j'étais le témoin avait le tort grave, à
mon avis, de dépasser les limites de la plaisanterie la plus
libre: il touchait à tout en passant, outrageait tout gaiement, et prenait enfin un caractère très-gratuit d'univer-
selle profanation.   Or, mon éducation, trop incomplète
sans doute, m'a laissé dans le cœur un fonds de respect
qui me paraît devoir être réservé au milieu des plus vives
expansions de la bonne humeur.   Cependant nous avons
aujourd'hui en France notre jeune Amérique, qui n'est
point contente si elle ne blasphème un peu après .boire;
nous avons d'aimables petits bandits, espoir de l'avenir,
qui n'ont eu ni père ni mère, qui n'ont point de patrie, qui
n'ont point de Dieu, mais qui paraissent être le produit
brut de quelque machine sans entrailles et sans âme qui
les a déposés fortuitement sur ce globe pour en être le
médiocre ornement.

Bref, M. de Bévallan, qui ne craint point de s'instituer
le professeur cynique de ces roués sans barbe, ne m'a pas
plu, et je ne pense pas lui avoir plus davantage.   J'ai pré-
texté un peu de fatigue, et j'ai pris congé.

Sur ma requête, le vieil Alain s'est armé d'un lanterne
et m'a guidé à travers le parc vers le logis qui m'est destiné.   Après quelques minutes de marche, nous avons
traversé un pont de bois jeté sur une rivière, et nous nous
sommes trouvés devant une porte massive et ogivale, qui
est surmontée d'une espèce de beffroi et flanquée de deux
tourelles.   C'est l'entrée de l'ancien château.   Des chênes

et des sapins séculaires forment autour de ce débris féodal
une enceinte mystérieuse qui lui donne un air de profonde
retraite. C'est dans cette ruine que je dois habiter. Mon
appartement, composé de trois chambres très-proprement
tendues de perse, se prolonge au-dessus de la porte d'une
tourelle à l'autre. Ce séjour mélancolique ne laisse
pas de me plaire : il convient à ma fortune. A peine
délivré du vieil Alain, qui est d'humeur un peu conteuse,
e me suis mis à écrire le récit de cette importante journée, m'interrompant par intervalles pour écouter le murmure assez doux de la petite rivière qui coule sous mes
fenêtres et le cri de la chouette légendaire qui célèbre
dans les bois voisins ses tristes amours.

1er Juillet.

Il est temps que j'essaie de démêler le fil de mon existence personnelle et intime qui depuis deux mois s'est
un peu perdu au milieu des obligations actives de ma
charge.

Le lendemain de mon arrivée, après avoir étudié pendant quelques heures dans ma retraite les papiers et les
registres du père Hivart, comme on nomme ici mon prédécesseur, j'allai déjeuner au château, où je ne retrouvai
plus qu'une faible partie des hôtes de la veille. Mme
Laroque, qui a beaucoup vécu à Paris avant que la santé
de son beau-père ne l'eût condamnée à une perpétuelle
villégiature, conserve fidèlement dans sa retraite le goût
des intérêts élevés, élégants ou frivoles dont le ruisseau
de la rue du Bac était le miroir du temps du turban de

Mme de Staël. Elle paraît en outre avoir visité la plupart des grandes villes de l'Europe, et en a rapporté des
préoccupations littéraires qui dépassent la mesure commune de l'érudition et de la curiosité parisiennes. Elle
reçoit beaucoup de journaux et de revues, et s'applique à
suivre de loin autant que possible le mouvement de cette
civilisation raffinée dont les théâtres, les musées et les
livres frais éclos sont les fleurs et les fruits plus ou moins
éphémères. Pendant le déjeuner, on vint à parler d'un
opéra nouveau, et Mme Laroque adressa sur ce sujet à M.
de Bévallan une question à laquelle il ne put répondre,
quoiqu'il ait toujours, si on l'en croit, un pied et un œil
sur le boulevard des Italiens. Mme Laroque se rabattit
alors sur moi, tout en manifestant par son air de distraction le peu d'espoir qu'elle avait de trouver son homme
d'affaires très au courant de celles-là; mais précisément,
et malheureusement, ce sont les seules que je connaisse.
J'avais entendu en Italie l'opéra qu'on venait de jouer en
France pour la première fois. La réserve même de mes
réponses éveilla la curiosité de Mme Laroque, qui se mit
à me presser de questions, et qui daigna bientôt me communiquer elle-même ses impressions, ses souvenirs et ses
enthousiasmes de voyage. Bref, nous ne tardâmes pas à
parcourir en camarades les théâtres et les galeries les plus
célèbres du continent, et notre entretien, quand on quitta
la table, était si animé, que mon interlocutrice, pour n'en
point rompre le cours, prit mon bras sans y penser. Nous
allâmes continuer dans le salon nos sympathiques effusions, Mme Laroque oubliant de plus en plus le ton de
protection bienveillante qui jusque-là m'avait passablement choqué dans son langage vis-à-vis de moi.

Elle m'avoua que le démon du théâtre la tourmentait à un haut degré, et qu'elle méditait de faire jouer la comédie au château. Elle me demanda des conseils sur l'organisation de ce divertissement. Je lui parlai alors avec quelque détail des scènes particulières que j'avais eu l'occasion de voir à Paris et à Saint-Pétersbourg; puis, ne voulant pas abuser de ma faveur, je me levai brusquement, en déclarant que je prétendais inaugurer sans retard mes fonctions par l'exploration d'une grosse ferme qui est située à deux petites lieues du château. Mme Laroque, à cette déclaration, parut subitement consternée: elle me regarda, s'agita dans ses coussinets, approcha ses mains de son *brasero*, et me dit enfin à demi-voix:—Ah! qu'est-ce que cela fait? Laissez donc cela, allez.—Et comme j'insistais: —Mais, mon Dieu! reprit-elle avec un embarras plaisant, c'est qu'il y a des chemins affreux... Attendez au moins la belle saison.

—Non, madame, dis-je en riant, je n'attendrai pas une minute: on est intendant ou on ne l'est pas.

—Madame, dit le vieil Alain, qui se trouvait là, on pourrait atteler pour M. Odiot le berlingot du père Hivart: il n'est pas suspendu, mais il n'en est que plus solide.

Mme Laroque foudroya d'un coup d'œil le malheureux Alain, qui osait proposer à un intendant de mon espèce, qui avait été au spectacle chez la grande-duchesse Hélène, le berlingot du père Hivart.

—Est-ce que l'américaine ne passerait pas dans le chemin? demanda-t-elle.

—L'américaine, madame? Ma foi, non. Il n'y a pas de risque qu'elle y passe, dit Alain; ou si elle y passe,

5

elle n'y passera pas tout entière,... et encore je ne crois pas qu'elle y passe.

Je protestai que j'irais parfaitement à pied.

— Non, non, c'est impossible, je ne le veux pas ! Voyons, voyons donc... Nous avons bien ici une demi-douzaine de chevaux de selle qui ne font rien,... mais probablement vous ne montez pas à cheval ?

— Je vous demande pardon, madame ; mais c'est véritablement inutile ; je vais...

— Alain, faites seller un cheval pour monsieur... Lequel, dis, Marguerite ?

— Donnez-lui Proserpine, murmura M. de Bévallan en riant dans sa barbe.

— Non, non, pas Proserpine ! s'écria vivement Mlle Marguerite.

— Pourquoi pas Proserpine, mademoiselle ? dis-je alors.

— Parce qu'elle vous jetterait par terre, me répondit nettement la jeune fille.

— Oh ! comment ça ? véritablement ?... Pardon, voulez-vous me permettre de vous demander, mademoiselle, si vous montez cette bête ?

— Oui, monsieur, mais j'ai de la peine.

— Eh bien ! peut-être en aurez-vous moins, mademoiselle, quand je l'aurai montée moi-même une fois ou deux. Cela me décide. Faites seller Proserpine, Alain.

Mlle Marguerite fronça son noir sourcil, et s'assit en faisant un geste de la main, comme pour repousser toute part de responsabilité dans la catastrophe imminente qu'elle prévoyait.

— Si vous avez besoin d'éperons, j'en ai une paire à votre

service, reprit alors M. de Bévallan, qui décidément prétendait que je n'en revinsse pas.

Sans paraître remarquer le regard de reproche que Mlle Marguerite adressait à l'obligeant gentilhomme, j'acceptai ses éperons. Cinq minutes après, un bruit de piétinements désordonnés annonçait l'approche de Proserpine, qu'on amenait avec assez de difficulté au bas d'un des escaliers du jardin réservé, et qui était par parenthèse un très-beau demi-sang, noir comme le jais. Je descendis aussitôt le perron. Quelques jeunes gens, M. de Bévallan à leur tête, me suivirent sur la terrasse, par humanité, je crois, et l'on ouvrit en même temps les trois fenêtres du salon pour l'usage des femmes et des vieillards. Je me serais volontiers passé de tout cet appareil, mais enfin il fallait s'y résigner, et j'étais d'ailleurs sans grande inquiétude sur les suites de l'aventure, car si je suis un jeune intendant, je suis un très vieil écuyer. Je marchais à peine que mon pauvre père m'avait déjà planté sur un cheval, au grand désespoir de ma mère, et depuis il n'avait négligé aucun soin pour me rendre son égal dans un art où il excellait. Il avait même poussé mon éducation sous ce rapport jusqu'au raffinement, me faisant revêtir parfois de vieilles et pesantes armures de famille, pour accomplir plus à l'aise mes exercices de haute voltige.

Cependant Proserpine me laissa débrouiller ses rênes et même toucher son encolure sans donner le moindre signe d'irritation; mais elle ne sentit pas plutôt mon pied peser sur l'étrier qu'elle se jeta brusquement de côté, en poussant trois ou quatre ruades superbes par-dessus les grands vases de marbre qui ornaient l'escalier; puis elle se mâta en faisant l'agréable et en battant l'air de ses

pieds de devant, après quoi elle se reposa frémissante. —
Pas facile au montoir, me dit le valet d'écurie en clignant
de l'œil. — Je le vois bien, mon garçon, mais je vais bien
l'étonner, va. — En même temps je me mis en selle sans
toucher l'étrier, et, pendant que Proserpine réfléchissait
à ce qui lui arrivait, je pris une solide assiette. L'instant
d'après, nous disparaissions au petit galop de chasse dans
l'avenue de châtaigniers, suivis par le bruit de quelques
battements de mains, dont M. de Bévallan avait eu le bon
esprit de donner le signal.

Cet incident, tout insignifiant qu'il fût, ne laissa pas,
comme je pus m'en apercevoir dès le soir-même à la mine
des gens, de relever singulièrement mon crédit dans
l'opinion. Quelques autres talents de la même valeur,
dont m'a pourvu mon éducation, ont achevé de m'assurer
ici toute l'importance que j'y souhaite, celle qui doit
garantir ma dignité personnelle. On voit assez au reste
que je ne prétends nullement abuser des prévenances et
des égards dont je puis être l'objet pour usurper dans le
château un rôle peu conforme aux fonctions modestes que
j'y remplis. Je me renferme dans ma tour aussi souvent
que je le puis, sans manquer formellement aux convenances; je me tiens, en un mot, strictement à ma place,
afin qu'on ne soit jamais tenté de m'y remettre.

Quelques jours après mon arrivée, comme j'assistais à
un de ces dîners de cérémonie qui, dans cette saison, sont
ici presque quotidiens, mon nom fut prononcé sur un ton
interrogatif par le gros sous-préfet de la petite ville
voisine, qui était assis à la droite de la dame châtelaine.
Mme Laroque, qui est assez sujette à ces sortes de distractions, oublia que je n'étais pas loin d'elle, et bon gré,

mal gré, je ne perdis pas un mot de sa réponse : — Mon
Dieu ! ne m'en parlez pas ! il y a là mystère inconcevable… Nous pensons que c'est quelque prince déguisé… Il
y en a tant qui courent le monde pour le quart d'heure !…
Celui-ci a tous les talents imaginables : il monte à cheval,
il joue du piano, il dessine, et tout cela dans la perfection… Entre nous, mon cher sous-préfet, je crois bien que
c'est un très-mauvais intendant, mais vraiment c'est un
homme très-agréable.

Le sous-préfet, qui est aussi un homme très-agréable,
ou qui du moins croit l'être, ce qui revient au même pour
sa satisfaction, dit alors gracieusement, en caressant d'une
main potelée ses splendides favoris, qu'il y avait assez de
beaux yeux dans le château pour expliquer bien des
mystères, qu'il soupçonnait fort l'intendant d'être un pré-
tendant, que du reste l'Amour était le père légitime de la
Folie et l'intendant naturel des Grâces… Puis changeant
de ton tout à coup :

— Au surplus, madame, ajouta-t-il, si vous avez la
moindre inquiétude à l'égard de cet individu, je le ferai
interroger dès demain par le brigadier de gendarmerie.

Mme Laroque se récria contre cet excès de zèle galant,
et la conversation, en ce qui me concernait, n'alla pas plus
loin ; mais elle me laissa très-piqué, non point contre le
sous-préfet, qui au contraire me plaisait infiniment, mais
contre Mme Laroque, qui, tout en rendant à mes qualités
privées une justice excessive, ne m'avait point paru suffisamment pénétrée de mon mérite officiel.

Le hasard voulut que j'eusse dès le lendemain à renouveler le bail d'un fermage considérable. Cette opération
se négociait avec un vieux paysan fort madré, que je

parvins néanmoins à éblouir par quelques termes de juris-
prudence adroitement combinés avec les réserves d'une
prudente diplomatie. Nos conventions arrêtées, le bonhomme déposa tranquillement sur mon bureau trois
rouleaux de pièces d'or. Bien que la signification de ce
versement, qui n'était point dû, m'échappât tout à fait, je
me gardai de témoigner une surprise inconsidérée; mais,
en développant les rouleaux, je m'assurai par quelques
questions indirectes que cette somme constituait les arrhes
du marché, en d'autres termes le pot-de-vin que les fer-
miers, à ce qu'il paraît, sont dans l'usage d'octroyer au
propriétaire à chaque renouvellement de bail. Je n'avais
nullement songé à réclamer ces arrhes, n'en ayant trouvé
aucune mention dans les baux précédents rédigés par
mon habile prédécesseur, et qui me servaient de modèles.
Je ne tirai toutefois pour le moment aucune conclusion
de cette circonstance; mais quand j'allai remettre à Mme
Laroque ce don de joyeux avénement, sa surprise m'é-
tonna. — Qu'est-ce que c'est que cela? me dit-elle. — Je
lui expliquai la nature de cette gratification. Elle me fit
répéter. — Est-ce que c'est la coutume? reprit-elle.

— Oui, madame, toutes les fois que l'on consent un
nouveau bail.

— Mais il y a eu depuis trente ans, à ma connaissance,
plus de dix baux renouvelés... Comment se fait-il que
nous n'ayons jamais entendu parler de chose pareille?

— Je ne saurais vous dire, madame.

Mme Laroque tomba dans un abîme de réflexions au
fond duquel elle rencontra peut-être l'ombre vénérable
du père Hivart, après quoi elle haussa légèrement les
épaules, porta ses regards sur moi, puis sur les pièces d'or,

puis encore sur moi, et parut hésiter. Enfin, se renversant dans son fauteuil et soupirant profondément, elle me dit avec une simplicité dont je lui sus gré : — C'est bien, monsieur, je vous remercie.

Ce trait de probité grossière, dont elle avait eu le bon goût de ne pas me faire compliment, n'en porta pas moins Mme Laroque à concevoir une grande idée de la capacité et des vertus de son intendant. J'en pus juger quelques jours après. Sa fille lui lisait le récit d'un voyage au pôle, où il était question d'un oiseau extraordinaire qui ne vole pas : — Tiens, dit-elle, c'est comme mon intendant !

J'espère fermement m'être acquis depuis ce temps, par le soin sévère avec lequel je m'occupe de la tâche que j'ai acceptée, quelques titres à une considération d'un genre moins négatif. M. Laubépin, quand je suis allé à Paris récemment pour embrasser ma sœur, m'a remercié avec une vive sensibilité de l'honneur que je faisais aux engagements qu'il a pris pour moi. — Courage, Maxime, m'a-t-il dit ; nous doterons Hélène. La pauvre enfant ne se sera pour ainsi dire aperçue de rien. Et quant à vous, mon ami, n'ayez point de regrets. Croyez-moi, ce qui ressemble le plus au bonheur en ce monde, vous l'avez en vous, et, grâce au ciel, je vois que vous l'aurez toujours ; la paix de la conscience et la mâle sérénité d'une âme toute au devoir.

Ce vieillard a raison sans doute. Je suis tranquille, et pourtant je ne me sens guère heureux. Il y a dans mon âme, qui n'est pas assez mûre encore pour les austères jouissances du sacrifice, des élans de jeunesse et de désespoir. Ma vie, vouée et dévouée sans réserve à une autre vie plus faible et plus chère, ne m'appartient plus ; elle

n'a pas d'avenir, elle est dans un cloître à jamais fermé.
Mon cœur ne doit plus battre, ma tête ne doit plus songer
que pour le compte d'un autre. Enfin qu'Hélène soit
heureuse! Les années s'approchent déja pour moi:
qu'elles viennent vite! Je les implore; leur glace aidera
mon courage.

Je ne saurais me plaindre au reste d'une situation qui,
en somme, a trompé mes plus pénibles appréhensions, et
qui même dépasse mes meilleures espérances. Mon travail,
mes fréquents voyages dans les départements voisins, mon
goût pour la solitude, me tiennent souvent éloigné du
château, dont je fuis surtout les réunions bruyantes.
Peut-être dois-je en bonne partie à ma rareté l'accueil
amical que j'y trouve. Mme Laroque en particulier en
témoigne une véritable affection: elle me prend pour
confident de ses bizarres et très-sincères manies de pauvreté, de dévouement et d'abnégation poétique, qui forment avec ses précautions multipliées de créole frileuse
un amusant contraste. Tantôt elle porte envie aux bohé-
miennes chargées d'enfants qui traînent sur les routes
une misérable charrette, et qui font cuire leur dîner à
l'abri des haies; tantôt ce sont les sœurs de charité et
tantôt les cantinières dont elle ambitionne les héroïques
labeurs. Enfin elle ne cesse de reprocher à feu M. Laroque le fils son admirable santé, qui n'a jamais permis à
sa femme de déployer les qualités de garde-malade dont
elle se sentait le cœur gonflé. Cependant elle a eu l'idée,
ces jours-ci, de faire ajouter à son fauteuil une espèce de
niche en forme de guérite pour s'abriter contre les vents
coulis. Je la trouvai l'autre matin installée triomphalement
dans ce kiosque, où elle attend assez doucement le martyre.

J'ai à peine moins à me louer des autres habitants du
château. Mlle Marguerite, toujours plongée comme un
sphinx nubien dans quelque rêve inconnu, condescend
pourtant avec une prévenante bonté à répéter pour moi
mes airs de prédilection. Elle a une voix de contralto
admirable, dont elle se sert avec un art consommé, mais
en même temps avec une nonchalance et une froideur
qu'on dirait véritablement calculées. Il lui arrive en
effet, par distraction, de laisser échapper de ses lèvres des
accents passionnés; mais aussitôt elle paraît comme humiliée et honteuse de cet oubli de son caractère ou de son
rôle, et elle s'empresse, de rentrer dans les limites d'une
correction glacée.

Quelques parties de piquet, que j'ai eu la politesse facile
de prendre avec M. Laroque, m'ont concilié les bonnes
grâces du pauvre vieillard, dont les regards affaiblis s'attachent quelquefois sur moi avec une attention vraiment
singulière. On dirait alors que quelque songe du passé,
quelque ressemblance imaginaire se réveille à demi dans
les nuages de cette mémoire fatiguée, au sein de laquelle
flottent les images confuses de tout un siècle. Mais ne
voulait-on pas me rendre l'argent que j'avais perdu avec
lui! Il paraît que Mme Aubry, partenaire habituelle du
vieux capitaine, ne se fait point scrupule d'accepter régulièrement ces restitutions, ce qui ne l'empêche pas de
gagner assez fréquemment l'ancien corsaire, avec lequel
elle a dans ces circonstances des abordages tumultueux.

Cette dame, que M. Laubépin traitait avec beaucoup
de faveur quand il la qualifiait simplement d'esprit aigri,
ne m'inspire aucune sympathie. Cependant, par respect
pour la maison, je me suis astreint à gagner sa bienveil-

lance, et j'y suis parvenu en prêtant une oreille complai-
sante, tantôt à ses misérables lamentations sur sa condition
présente, tantôt aux descriptions emphatiques de sa fortune passée, de son argenterie, de son mobilier, de ses
dentelles et de ses paires de gants.

Il faut avouer que je suis à bonne école pour apprendre
à dédaigner les biens que j'ai perdus. Tous ici en effet,
par leur attitude et leur langage, me prêchent éloquem-
ment le mépris des richesses : Mme Aubry d'abord, qu'on
peut comparer à ces gourmands sans vergogne dont la
révoltante convoitise vous ôte l'appétit, et qui vous donnent le profond dégoût des mets qu'ils vous vantent ; ce
vieillard, qui s'éteint sur ses millions aussi tristement que
Job sur son fumier ; cette femme excellente, mais romanesque et blasée, qui rêve, au milieu de son importune
prospérité, le fruit défendu de la misère ; enfin la superbe
Marguerite, qui porte comme une couronne d'épines le
diadème de beauté et d'opulence dont le ciel a écrasé son
front.

Étrange fille ! — Presque chaque matin, quand le temps
est beau, je la vois passer à cheval sous les fenêtres de
mon beffroi ; elle me salue d'un grave signe de tête qui
fait onduler la plume noire de son feutre, puis s'éloigne
lentement dans le sentier ombragé qui traverse les ruines
du vieux château. Ordinairement le vieil Alain la suit à
quelque distance ; parfois elle n'a d'autre compagnon que
l'énorme et fidèle Mervyn, qui allonge le pas aux côtés de
sa belle maîtresse comme un ours pensif. Elle s'en va en
cet équipage courir dans tout le pays environnant des
aventures de charité. Elle pourrait se passer de protecteur ; il n'y a pas de chaumière à six lieues à la ronde qui

ne la connaisse et qui ne la vénère comme la fée de la
bienfaisance. Les paysans disent simplement, en parlant
d'elle : Mademoiselle ! comme s'ils parlaient d'une de ces
filles de roi qui charment leurs légendes, et dont elle leur
semble avoir la beauté, la puissance et le mystère.

Je cherche cependant à m'expliquer le nuage de sombre
préoccupation qui couvre sans cesse son front, la sévérité
hautaine et défiante de son regard, la sécheresse amère
de son langage. Je me demande si ce sont là les traits
naturels d'un caractère bizarre et mêlé, ou les symptômes
de quelque secret tourment, remords, crainte ou amour,
qui rongerait ce noble cœur. Si désintéressé que l'on soit
dans la question, il est impossible qu'on se défende d'une
certaine curiosité en face d'une personne aussi remarqua-
ble. Hier soir, pendant que le vieil Alain, dont je suis le
favori, me servait mon repas solitaire :

— Eh bien ! Alain, lui dis-je, voilà une belle journée.
Vous êtes-vous promené aujourd'hui ?

— Oui, monsieur, ce matin, avec mademoiselle.

— Ah ! vraiment ?

— Monsieur nous a bien vus passer ?

— Il est possible, Alain. Oui, je vous vois quelquefois
passer... Vous avez bonne mine à cheval, Alain.

— Monsieur est trop obligeant. Mademoiselle a meilleure mine que moi.

— C'est une jeune fille très-belle.

— Oh ! parfaite, monsieur, et au dedans comme au
dehors, ainsi que madame sa mère. Je dirai à monsieur
une chose. Monsieur sait que cette propriété appartenait
autrefois au dernier comte de Castennec, que j'avais
l'honneur de servir. Quand la famille Laroque acheta le

château, j'avouerai à monsieur que j'eus le cœur un peu
gros, et que j'hésitai à rester dans la maison. J'avais été
élevé dans le respect de la noblesse, et il m'en coûtait
beaucoup de servir des gens sans naissance. Monsieur a
pu remarquer que j'éprouvais un plaisir particulier à lui
rendre mes devoirs, c'est que je trouve à monsieur un air
de gentilhomme. Êtes-vous bien sûr de n'être pas noble,
monsieur?

— Je le crains, mon pauvre Alain.

— Au reste, et c'est ce que je voulais dire à monsieur,
reprit Alain en s'inclinant avec grâce, j'ai appris au service
de ces dames que la noblesse des sentiments valait bien
l'autre et en particulier celle de M. le comte de Castennec,
qui avait le faible de battre ses gens. Dommage pourtant,
monsieur, disons-le, que mademoiselle ne puisse pas épouser un gentilhomme d'un beau nom. Il ne manquerait
plus rien à ses perfections.

— Mais il me semble, Alain, qu'il ne tient qu'à elle.

— Si monsieur veut parler de M. de Bévallan, il ne
tient qu'à elle en effet, car il l'a demandée il y a plus de
six mois. Madame ne paraissait pas trop contraire au
mariage, et de fait M. de Bévallan est après les Laroque
le plus riche du pays; mais mademoiselle, sans se prononcer positivement, a voulu prendre le temps de la
réflexion.

— Mais si elle aime M. de Bévallan, et si elle peut
l'épouser quand elle voudra, pourquoi est-elle toujours
triste et distraite comme on la voit?

— C'est une vérité, monsieur, que depuis deux ou
trois ans mademoiselle est toute changée. Autrefois
c'était un oiseau pour la gaité, maintenant on dirait

qu'il y a quelque chose qui la chagrine ; mais je ne crois pas, sauf respect, que ce soit son amour pour ce monsieur.

— Vous ne paraissez pas fort tendre vous-même pour M. de Bévallan, mon bon Alain. Il est d'excellente noblesse pourtant...

— Ça ne l'empêche pas d'être un mauvais gas, monsieur, et si monsieur a des yeux, il peut voir qu'il ne se gênerait pas pour faire le sultan dans le château, en attendant mieux.

Il y eut une pause silencieuse, après laquelle Alain reprit :

— Dommage que monsieur n'ait pas seulement une centaine de mille francs de rente.

Et pourquoi cela, Alain ?

— Parce que, dit Alain en hochant la tête d'un air songeur.

25 juillet.

Dans le courant du mois qui vient de s'écouler, j'ai gagné une amie et je me suis fait, je crois, deux ennemies. Les ennemies sont Mlle Marguerite et Mlle Hélouin. L'amie est une demoiselle de quatre-vingt-huit ans. J'ai peur qu'il n'y ait pas compensation.

Mlle Hélouin, avec laquelle je veux d'abord régler mon compte, est une ingrate. Mes prétendus torts envers elle devraient plutôt me recommander à son estime ; mais elle paraît être de ces femmes assez répandues dans le monde, qui ne rangent point l'estime au nombre des sentiments qu'elles aiment à inspirer, ou qu'on leur inspire. Dès les

premiers temps de mon séjour ici, une sorte de confor-
mité entre la fortune de l'institutrice et celle de l'intendant, la modestie commune de notre état dans le château,
m'avaient porté à nouer avec Mlle Hélouin les relations
d'une bienveillance affectueuse. En tout temps, je me
suis piqué de manifester à ces pauvres filles l'intérêt que
leur tâche ingrate, leur situation précaire, humiliée et sans
avenir, me paraissent appeler sur elles. Mlle Hélouin est
d'ailleurs jolie, intelligente, remplie de talents, et bien
qu'elle gâte un peu tout cela par la vivacité d'allures, la
coquetterie fiévreuse et la légère pédanterie qui sont les
travers habituels de l'emploi, j'avais un très-faible mérite,
j'en conviens, à jouer près d'elle le rôle chevaleresque que
je m'étais donné. Ce rôle prit à mes yeux le caractère
d'une sorte de devoir, quand je pus reconnaître, ainsi que
plusieurs avertissements me l'avaient fait pressentir, qu'un
lion dévorant, sous les traits du roi François Ier, rôdait
furtivement autour de ma jeune protégée. Cette duplicité,
qui fait honneur à l'audace de M. de Bévallan, est conduite, sous couleur d'une aimable familiarité, avec une
politique et un aplomb qui trompent aisément les regards
inattentifs ou candides. Mme Laroque et sa fille en particulier sont trop étrangères aux perversités de ce monde
et vivent trop loin de toute réalité pour éprouver l'ombre
d'un soupçon. Quant à moi, fort irrité contre cet insa-
tiable mangeur de cœurs, je me fis un plaisir de contrarier
ses desseins : plus d'une fois je détournai l'attention qu'il
essayait d'accaparer, je m'efforçai surtout de diminuer
dans le cœur de Mlle Hélouin cet amer sentiment d'abandon et d'isolement qui donne en général tant de prise
aux consolations qui lui étaient offertes. Ai-je jamais

dépassé, dans le cours de cette lutte malavisée, le mesure
délicate d'une protection fraternelle ? Je ne le crois pas,
et les termes mêmes du court dialogue qui a subitement
modifié la nature de nos relations semblent parler en
faveur de ma réserve. Un soir de la semaine dernière,
on respirait le frais sur la terrasse, Mlle Hélouin, à qui
j'avais eu précisément dans la journée l'occasion de montrer quelques égards particuliers, prit légèrement mon
bras, et tout en piquant de ses dents minces et blanches
une fleur d'oranger :

— Vous êtes bon, monsieur Maxime, me dit-elle d'une
voix un peu émue.

— J'essaie, mademoiselle.

— Vous êtes un véritable ami.

— Oui.

— Mais un ami... comment ?

— Véritable, vous l'avez dit.

— Un ami... qui m'aime ?

— Sans doute.

— Beaucoup ?

— Assurément.

— Passionément ?...

— Non.

Sur ce monosyllabe, que j'articulai fort nettement et
que j'appuyai d'un regard ferme, Mlle Hélouin jeta vivement loin d'elle la fleur d'oranger, et quitta mon bras.
Depuis cette heure néfaste, on me traite avec un dédain
—que je n'ai pas volé, et je croirais bien décidément que
l'amitié d'un sexe à l'autre est un sentiment illusoire, si
ma mésaventure n'eût eu le lendemain même une sorte
de contre-partie.

J'étais allé passer la soirée au château : deux ou trois familles étrangères qui venaient d'y séjourner pendant une quinzaine l'avaient quitté dans la matinée. Je n'y trouvaï que les habitués, le curé, le percepteur, le docteur Desmarest, — enfin le général de Saint-Cast et sa femme, qui habitent, ainsi que le docteur, la petite ville voisine. Mme de Saint-Cast, qui paraît avoir apporté à son mari une assez belle fortune, était engagée, quand j'entrai, dans une conversation animée avec Mme Aubry. Ces deux dames, suivant leur usage, s'entendaient parfaitement : elles célébraient tour à tour, comme deux pasteurs d'églogue, les charmes incomparables de la richesse dans un langage où distinction de la forme le disputait à l'élévation de la pensée : — Vous avez bien raison, madame, disait Mme Aubry ; il n'y a qu'une chose au monde, c'est d'être riche. Quand je l'étais, je méprisais de tout mon cœur ceux qui ne l'étaient pas : aussi je trouve maintenant tout naturel qu'on me méprise, et je ne m'en plains pas.

— On ne vous méprise pas pour cela, madame, reprenait Mme de Saint-Cast, bien certainement non, madame ; mais il est certain que d'être riche ou d'être pauvre, cela fait une fière différence. Voilà le général qui en sait quelque chose, lui qui n'avait absolument rien, quand je l'ai épousé, — que son épée, — et ce n'est pas une épée qui met du beurre dans la soupe, n'est-ce pas madame ?

— Non, non, oh ! non, madame, s'écria Mme Aubry en applaudissant à cette hardie métaphore. L'honneur et la gloire, c'est très-beau dans le romans ; mais j'aime mîeux une bonne voiture, n'est-ce pas, madame ?

— Oui, certainement, madame, et c'est ce que je disais

ce matin même au général en venant ici, n'est-ce pas, général?

—Hon! grommela, le général, qui jouait tristement dans un coin avec l'ancien corsaire.

—Vous n'aviez rien quand je vous ai épousé, général, reprit Mme de Saint-Cast; vous ne songez pas à le nier, j'espère?

—Vous l'avez déja dit! murmura le général.

—Ça n'empêche pas que sans moi vous iriez à pied, mon général, ce qui ne serait pas gai avec vos blessures... Ce n'est pas avec vos six ou sept mille francs de retraite que vous pourriez rouler carrosse, mon ami... Je lui disais cela ce matin, madame, à propos de notre nouvelle voiture, qui est douce comme il n'est pas possible d'être douce. Au surplus, j'y ai mis le prix: cela fait quatre bons mille francs de moins dans ma bourse, madame!

—Je le crois bien, madame! Ma voiture de gala m'en coûtait bien cinq mille, en comptant la peau de tigre pour les pieds, qui valait à elle seule cinq cents francs.

—Moi, reprit Mme de Saint-Cast, j'ai été forcée d'y regarder un peu, car je viens de renouveler mon meuble de salon, et rien qu'en tapis et en tentures, j'en ai pour quinze mille francs. C'est trop beau pour un trou de province, vous me direz, et c'est bien vrai... Mais toute la ville est à genoux devant, et on aime à être respecté, n'est-ce pas, madame?

—Sans doute, madame, répliqua Mme Aubry, on aime à être respecté, et on n'est respecté qu'en proportion de l'argent qu'on a. Pour moi, je me console de n'être plus respectée aujourd'hui, en pensant que, si j'étais encore ce

6

que j'ai été, je verrais à mes pieds tous les gens qui me méprisent.

— Excepté moi, morbleu! s'écria le docteur Desmarets en se levant tout à coup. Vous auriez cent millions de rente que vous ne me verriez pas à vos pieds, je vous en donne ma parole d'honneur. Et là-dessus je vais prendre l'air,... car, le diable m'emporte! on n'y tient plus. — En même temps le brave docteur sortit du salon, emportant toute ma gratitude, car il m'avait rendu un véritable service en soulageant mon cœur oppressé d'indignation et de dégoût.

Bien que M. Desmarets soit établi dans la maison sur le pied d'un saint Jean-Bouche-d'Or, à qui l'on souffre la plus grande indépendance de langage, l'apostrophe avait été trop vive pour ne pas causer dans l'assistance un senti-ment de malaise qui se traduisit par un silence embarrassé. Mme Laroque le rompit adroitement en demandant à sa fille si huit heures étaient sonnées.

— Non, ma mère, répondit Mlle Marguerite, car Mlle de Porhoët n'est pas encore arrivée.

La minute d'après, comme le timbre de la pendule se mettait en branle, le porte s'ouvrit, et Mlle Jocelynde de Porhoët-Gaël, donnant le bras au docteur Desmarets, entra dans le salon avec une précision astronomique.

Mlle de Porhoët-Gaël, qui a vu cette année son quatre-vingt-huitième printemps, et qui a l'apparence d'un long roseau conservé dans de la soie, est le dernier rejeton d'une fort noble race dont on croit retrouver les premiers ancêtres parmi les rois fabuleux de la vieille Armorique. Toutefois cette maison ne prend sérieusement pied dans l'histoire qu'au XIIe siècle, en la personne de Juthaël, fils de Conan le Tort, issu de la branche cadette de Bretagne. Quelques gouttes du sang des Porhoët ont coulé dans les veines les plus illustres de France, dans celles des Rohan, des Lusignan, des Penthièvre, et ces grands seigneurs convenaient que ce n'était pas le moins pur de leur sang. Je me souviens qu'étudiant un jour, dans un accès de vanité juvénile, l'histoire des alliances de ma famille, j'y remarquai ce nom bizarre de Porhoët, et que mon père, très-érudit en ces matiéres, me le vanta beaucoup. Mlle de Porhoët, qui reste aujourd'hui seule de son nom, n'a jamais voulu se marier, afin de conserver le plus longtemps possible dans le firmament de la noblesse française la constellation de ces syllabes magiques : Porhoët-Gaël. — Le hasard voulut un jour qu'on parlât devant elle des origines de la maison de Bourbon. — Les Bourbons, dit Mlle de Porhoët en plongeant à plusieurs reprises son aiguille à tricoter dans sa perruque blonde, les Bourbons sont de bonne noblesse ; mais (prenant soudain un air modeste) il y a mieux !

Il est impossible au reste de ne point s'incliner devant cette vieille fille auguste, qui porte avec une dignité sans égale la triple et lourde majesté de la naissance, de l'âge et du malheur. Un procès déplorable, qu'elle s'obstine à soutenir hors de France depuis une quinzaine d'années, a progressivement réduit sa fortune, déjà très-mince ; c'est à peine s'il lui reste aujourd'hui un millier de francs de revenu. Cette détresse n'a rien enlevé à sa fierté, rien ajouté à son humeur : elle est gaie, égale, courtoise ; elle vit, on ne sait comment, dans sa maisonnette avec une petite servante, et elle trouve encore moyen de faire beaucoup d'aumônes. Mme Laroque et sa fille se sont

prises pour leur noble et pauvre voisine d'une passion qui
les honore ; elle est chez elles l'objet d'un respect attentif,
et qui confond Mme Aubry. J'ai vu souvent Mlle Marguerite quitter la danse la plus animée pour faire le qua-
trième au whist de Mlle de Porhoët : si le whist de Mlle
de Porhoët (à cinq centimes la fiche) venait à manquer
un seul jour, le monde finirait. Je suis moi-même un
des partenaires préférés de la vieille demoiselle, et, le soir
dont je parle, nous ne tardâmes pas, le curé, le docteur et
moi, à nous trouver installés autour de la table de whist,
en face et aux côtés de la descendante de Conan le Tort.

Il faut savoir qu'au commencement du dernier siècle
un grand oncle de Mlle de Porhoët, qui était attaché à la
maison du duc d'Anjou, passa les Pyrénées à la suite du
jeune prince devenu Philippe V, et fit en Espagne un
établissement qui prospéra. Sa descendance directe paraît
s'être éteinte il y a une quinzaine d'années, et Mlle de
Porhoët, qui n'avait jamais perdu de vue ses parents
d'outre-monts, se porta aussitôt héritière de leur fortune,
que l'on dit considérable : ses droits lui furent contestés,
trop justement, par une des plus vieilles maisons de Castille, alliée à la branche espagnole des Porhoët. De là ce
procès que la malheureuse octogénaire poursuit à grands
frais de juridiction en juridiction avec une persistance qui
touche à la manie, dont ses amis s'affligent et dont les
indifférents s'amusent. Le docteur Desmarets, malgré le
respect qu'il professe pour Mlle de Porhoët, ne laisse pas
lui-même de prendre parti au nombre des rieurs, d'autant
plus qu'il désapprouve formellement l'usage auquel la
pauvre femme consacre en imagination son chimérique
héritage, — à savoir l'érection, dans la ville voisine, d'une

cathédrale du plus beau style flamboyant, qui propagerait
jusqu'au fond des siècles futurs le nom de la fondatrice et
d'une grande race disparue. Cette cathédrale, rêve enté
sur un rêve, est le jouet innocent de cette vieille enfant.
Elle en a fait exécuter les plans : elle passe ses jours et
quelquefois ses nuits à en méditer les splendeurs, à en
changer les dispositions, à y ajouter quelques ornements ;
elle en parle comme d'un monument déjà bâti et prati-
cable. — J'étais dans la nef de ma cathédrale ; j'ai remarqué cette nuit dans l'aile nord de ma cathédrale une
chose bien choquante ; j'ai modifié la livrée du suisse, et
cætera.

— Eh bien ! mademoiselle, dit le docteur tandis qu'il
battait les cartes, avez-vous travaillé à votre cathédrale
depuis hier ?

— Mais oui, docteur. Il m'est même venu une idée
assez heureuse. J'ai remplacé le mur plein, qui séparait
le chœur de la sacristie, par un feuillage en pierre ouvragée,
à l'imitation de la chapelle de Clisson, dans l'église de
Josselin. C'est beaucoup plus léger.

— Oui, certainement ; mais quelles nouvelles d'Espagne
en attendant ? Ah ça ! est-il vrai, comme je pense l'avoir
lu ce matin dans la *Revue des Deux Mondes*, que le jeune
duc de Villa-Hermosa vous propose de terminer votre
procès à l'amiable, par un mariage ?

Mlle de Porhoët secoua d'un geste dédaigneux le
panache de rubans flétris qui flotte sur son bonnet : — Je
refuserais net, dit-elle.

— Oui, oui, vous dites cela, mademoiselle ; mais que
signifie donc ce bruit de guitare qu'on entend depuis
quelques nuits sous vos fenêtres ?

— Bah !

— Bah ?   Et cet Espagnol en manteau et en bottes jaunes qu'on voit rôder dans le pays, et qui soupire sans cesse ?

— Vous êtes un folâtre, dit Mlle de Porhoët, qui ouvrit tranquillement sa tabatière.   Au reste, puisque vous voulez le savoir, mon homme d'affaires m'a écrit de Madrid, il y a deux jours, qu'avec un peu de patience, nous verrions sans aucun doute la fin de nos maux.

— Parbleu ! je crois bien ! Savez-vous d'où il sort, votre homme d'affaires ?   De la caverne de Gil Blas, directement.   Il vous tirera votre dernier écu et se moquera de vous. Ah ! que vous seriez avisée de planter là une bonne fois cette folie, et de vivre tranquille !.... A quoi vous serviraient des millions, voyons ?   N'êtes-vous pas heureuse et considérée... et qu'est-ce que vous voulez de plus ?... Quant à votre cathédrale, je n'en parle pas, parce que c'est une mauvaise plaisanterie.

— Ma cathédrale n'est une mauvaise plaisanterie qu'aux yeux des mauvais plaisants, docteur Desmarets ; d'ailleurs je défends mon droit, je combats pour la justice : ces biens sont à moi, je l'ai entendu dire cent fois à mon père, et jamais, de mon gré, ils n'iront à des gens qui sont aussi étrangers à ma famille en définitive que vous, mon cher ami, ou que monsieur, ajouta-t-elle en me désignant d'un signe de tête.

J'eus l'enfantillage de me trouver piqué de la politesse, et je ripostai aussitôt : — En ce qui me concerne, mademoiselle, vous vous trompez, car ma famille a eu l'honneur d'être alliée à la votre, et réciproquement.

En entendant ces paroles énormes, Mlle de Porhoët

rapprocha vivement de son menton pointu les cartes
développées en éventail dans sa main, et, redressant sa
taille élancée, elle me regarda en face pour s'assurer
d'abord de l'état de ma raison, puis elle reprit son calme
par un effort surhumain, et, approchant de son nez effilé
une pincée de tabac d'Espagne : — Vous me prouverez
cela, jeune homme, me dit-elle.

Honteux de ma ridicule vanterie et très-embarrassé
les regards curieux qu'elle m'avait attirés, je m'inclinai
gauchement sans répondre. Notre whist s'acheva dans
un silence morne. Il était dix heures, et je me préparais
à m'esquiver, quand Mlle de Porhoët me toucha le bras :
— Monsieur l'intendant, dit-elle, me fera-t-il l'honneur de
m'accompagner jusqu'au bout de l'avenue ?

Je la saluai encore, et je la suivis. Nous nous trouvâmes bientôt dans le parc. La petite servante, en costume du pays, marchait la première, portant une lanterne ;
puis venait Mlle de Porhoët, raide et silencieuse, relevant
d'une main soigneuse et décente les maigres plis de son
fourreau de soie : elle avait sèchement refusé l'offre de mon
bras, et je m'avançais à ses côtés, la tête basse, très-mal
satisfait de mon personnage. Au bout de quelques minutes de cette marche funèbre : — Eh bien ! monsieur, me
dit la vieille demoiselle, parlez donc, j'attends. Vous
avez dit que ma famille avait été alliée à la vôtre, et
comme une alliance de cette espèce est un point d'histoire
entièrement nouveau pour moi, je vous serai très-obligée
le vouloir bien me l'éclaircir.

J'avais décidé à part moi que je devais à tout prix
maintenir le secret de mon incognito. — Mon Dieu !
Mademoiselle, dis-je, j'ose espérer que vous excuserez

une plaisanterie échappée au courant de la conversation...

— Une plaisanterie! s'écria Mlle de Porhoët. La matière en effet prête beaucoup à la plaisanterie. Et comment appelez-vous, monsieur, dans ce siècle-ci, les plaisanteries qu'on adresse bravement à une vieille femme sans protection, et qu'on n'oserait se permettre en face d'un homme?

— Mademoiselle, vous ne me laissez aucune retraite possible; il ne me reste qu'à me fier à votre discrétion. Je ne sais, mademoiselle, si le nom des Champcey d'Hauterive vous est connu?

— Je connais parfaitement, monsieur, les Champcey d'Hauterive, qui sont une bonne, une excellente famille du Dauphiné. Quelle conclusion en tirez-vous?

— Je suis aujourd'hui le représentant de cette famille.

— Vous? dit Mlle de Porhoët en faisant une halte subite; vous êtes un Champcey d'Hauterive?

— Mâle, oui, mademoiselle.

— Ceci change la thèse, dit-elle; donnez-moi votre bras, mon cousin, et contez-moi votre histoire.

Je crus que dans l'état de choses le mieux était effectivement de ne lui rien cacher. Je terminais le pénible récit des infortunes de ma famille quand nous nous trouvâmes en face d'une maisonnette singulièrement étroite et basse, qui est flanquée à l'un des angles d'une espèce de colombier écrasé à toit pointu. — Entrez, marquis, me dit la fille des rois de Gaël, arrêtée sur le seuil de son pauvre palais, entrez donc, je vous prie. — L'instant d'après, j'étais introduit dans un petit salon tristement pavé de briques; sur la tapisserie pâle qui couvrait les murs se

pressaient une dizaine de portraits d'ancêtres blasonnés
de l'hermine ducale ; au-dessus de la cheminée, je vis
étinceler une magnifique pendule d'écaille incrustée de
cuivre et surmontée d'un groupe qui figurait le char du
Soleil. Quelques fauteuils à dossier ovale et un vieux
canapé à jambes grêles complétaient la décoration de cette
pièce, où tout accusait une propreté rigide, et où l'on
respirait une odeur concentrée d'iris, de tabac d'Espagne
et de vagues aromates.

— Asseyez-vous, me dit la vieille demoiselle en prenant
place elle-même sur le canapé ; asseyez-vous, mon cousin,
car, bien qu'en réalité nous ne soyons point parents, et
que nous ne puissions l'être, puisque Jean de Porhoët et
Hugues de Champcey ont eu, soit dit entre nous, la
sottise de ne point faire souche, il me sera agréable, avec
votre permission, de vous traiter de cousin dans le tête-
à-tête, afin de tromper un instant le sentiment douloureux
de ma solitude en ce monde. Ainsi donc, mon cousin,
voilà où vous en êtes : la passe est rude assurément. Toutefois, je vous suggérerai quelques pensées qui me sont
habituelles, et qui me paraissent de nature à vous offrir
de sérieuses consolations. En premier lieu, mon cher
marquis, je me dis souvent qu'au milieu de tous ces pleu-
tres et anciens domestiques qu'on voit aujourd'hui rouler
carrosse, il y a dans la pauvreté un parfum supérieur de
distinction et de bon goût. En outre je ne suis pas loin
de croire que Dieu a voulu réduire quelques-uns d'entre
nous à une vie étroite, afin que ce siècle grossier, matériel,
affamé d'or, ait toujours sous les yeux, dans nos personnes,
un genre de mérite, de dignité, d'éclat, où l'or et la matière n'entrent pour rien, — que rien ne puisse acheter, —

qui ne soit pas à vendre ! Telle est, mon cousin, suivant toute apparence, la justification providentielle de votre fortune et de la mienne.

Je témoignai à Mlle Porhoët combien je me sentais fier d'avoir été choisi avec elle pour donner au monde le noble enseignement dont il a si grand besoin et dont il paraît si disposé à profiter. Puis elle reprit : — Pour mon compte, monsieur, je suis faite à l'indigence, et j'en souffre peu ; quand on a vu dans le cours d'une vie trop longue un père digne de son nom, quatre frères dignes de leur père, succomber avant l'âge sous le plomb ou sous l'acier, quand on a vu périr successivement tous les objets de son affection et de son culte, il faudrait avoir l'âme bien petite pour se préoccuper d'une table plus ou moins copieuse, d'une toilette plus ou moins fraîche. Certes, marquis, si mon aisance personnelle était seule en cause, vous pouvez croire que je ferais bon marché de mes millions d'Espagne ; mais il me semble convenable et de bon exemple qu'une maison comme la mienne ne disparaisse point de la terre sans laisser après elle une trace durable, un monument éclatant de sa grandeur et de ses croyances. C'est pourquoi, à l'imitation de quelques-uns de nos ancêtres, j'ai songé, mon cousin, et je ne renoncerai jamais, tant que j'aurai vie, à la pieuse fondation dont vous n'êtes pas sans avoir entendu parler.

S'étant assurée de mon assentiment, la vieille et noble fille parut se recueillir, et tandis qu'elle promenait un regard mélancolique sur les images à demi-effacées de ses aïeux, la pendule héréditaire troubla seule dans l'obscur salon le silence de minuit. — Il y aura, reprit tout à coup Mlle de Porhoët d'une voix solennelle, il y aura un chapitre de chanoines réguliers attaché au service de cette église. Chaque jour, à matines, il sera dit dans la chapelle particulière de ma famille une messe basse pour le repos de mon âme et des âmes de mes aïeux. Les pieds de l'officiant fouleront un marbre sans inscription qui formera la marche de l'autel, et qui recouvrira mes restes.

Je m'inclinai avec l'émotion d'un visible respect. Mlle de Porhoët prit ma main et la serra doucement. — Je ne suis point folle, cousin, reprit-elle, quoi qu'on dise. Mon père, qui ne mentait point, m'a toujours assuré qu'a l'extinction des descendants directs de notre branche espagnole, nous aurions seuls droit à l'heritage. Sa mort soudaine et violente ne lui permit pas malheureusement de nous donner sur ce sujet des renseignements plus précis; mais ne pouvant douter de sa parole, je ne doute pas de mon droit... Cependant, ajouta-t-elle après une pause et avec un accent de touchante tristesse, si je ne suis point folle, je suis vieille, et ces gens de là-bas le savent bien. Ils me traînent depuis quinze ans de délais en délais; ils attendent ma mort, qui finira tout... Et voyez-vous, ils n'attendront pas longtemps : il faudra faire un de ces matins, je le sens bien, mon dernier sacrifice... Cette pauvre cathédrale, — mon seul amour, — qui avait remplacé dans mon cœur tant d'affections brisées ou refoulées, — elle n'aura jamais qu'une pierre, celle de mon tombeau.

La vieille demoiselle se tut. Elle essuya de ses mains amaigries deux larmes qui coulaient sur son visage flétri, puis ajouta en s'efforçant de sourire : — Pardon, mon cousin, vous avez assez de vos malheurs. Excusez-

moi... D'ailleurs il est tard ; retirez-vous, vous me com-
promettez.

Avant de partir, je recommandai de nouveau à la discrétion de Mlle de Porhoët le secret que j'avais dû lui
confier. Elle me répondit d'une manière un peu évasive
que je pouvais être tranquille, qu'elle saurait ménager
mon repos et ma dignité. Toutefois, les jours suivants,
je soupçonnai, au redoublement d'égards dont m'honorait
Mme Laroque, que ma respectable amie lui avait transmis
ma confidence. Mlle de Porhoët n'hésita pas du reste à
en convenir, m'assurant qu'elle n'avait pu faire moins pour
l'honneur de sa famille, et que Mme Laroque était d'ailleurs incapable de trahir, même vis-à-vis de sa fille, un
secret confié à sa délicatesse.

Cependant ma conférence avec la vieille demoiselle
m'avait laissé pénétré d'un respect attendri dont j'essayai
de lui donner des marques. Dès le lendemain, dans la
soirée, j'appliquai à l'ornementation intérieure et extér-
ieure de sa chère cathédrale toutes les ressources de mon
crayon. Cette attention, à laquelle elle s'est montrée
sensible, a pris peu à peu la régularité d'une habitude.
Presque chaque soir, après le whist, je me mets au travail,
et l'idéal monument s'enrichit d'une statue, d'une chaire
ou d'un jubé. Mlle Marguerite, qui semble porter à sa
voisine une sorte de culte, a voulu s'associer à mon œuvre
de charité en consacrant à la basilique des Porhoët un
album spécial que je suis chargé de remplir.

J'offris en outre à ma vieille confidente de prendre ma
part des démarches, des recherches et des soins de toute
nature que peut lui susciter son procès. La pauvre femme
m'avoua que je lui rendais service, qu'à la vérité elle

pouvait encore tenir sa correspondance au courant, mais
que ses yeux affaiblis refusaient de déchiffrer les documents manuscrits de son chartrier, et qu'elle n'avait voulu
jusque-là se faire suppléer par personne dans ce travail,
si important qu'il pût être pour sa cause, afin de ne pas
donner une nouvelle prise à la raillerie incivile des gens
du pays. Bref, elle m'agréa en qualité de conseil et de
collaborateur. Depuis ce temps, j'ai étudié en conscience
le volumineux dossier de son procès, et je suis demeuré
convaincu que l'affaire, qui doit être jugée en dernier ressort un de ces jours, est absolument perdue d'avance. M.
Laubépin, que j'ai consulté, partage cette opinion, que je
m'efforcerai au surplus de cacher à ma vieille amie, tant
que les circonstances le permettront. En attendant, je
lui fais le plaisir de dépouiller pièce a pièce ses archives
de famille, dans lesquelles elle espère toujours découvrir
quelque titre décisif en sa faveur. Malheureusement ces
archives sont fort riches, et le colombier en est rempli
depuis le toit jusqu'à la cave.

Hier, je m'étais rendu de bonne heure chez Mlle de
Porhoët, afin d'y achever avant l'heure du déjeuner le
dépouillement de la liasse no 115 que j'avais commencé
la veille. La maîtresse du logis n'étant pas encore levée,
je m'installai sans bruit dans le salon, moyennant la complicité de la petite servante, et je me mis solitairement à
ma poudreuse besogne. Au bout d'une heure environ,
comme je parcourais avec une joie extrême le dernier
feuillet de la liasse 115, je vis entrer Mlle de Porhoët
traînant avec peine une énorme paquet fort proprement
recouvert d'un linge blanc : — Bonjour, me dit-elle, mon
aimable cousin. Ayant appris que vous vous donniez ce

matin de la peine pour moi, j'ai voulu m'en donner pour
vous. Je vous apporte la liasse 116. — Il y a dans je ne
sais quel conte une princesse malheureuse qu'on enferme
dans une tour, et à qui une fée ennemie de sa famille impose coup sur coup une série de travaux extraordinaires
et impossibles ; j'avoue qu'en ce moment Mlle de Porhoët,
malgré toutes ses vertus, me parut être proche parente
de cette fée. — J'ai rêvé cette nuit, continua-t-elle, que
cette liasse contenait la clef de mon trésor espagnol.
Vous m'obligerez donc beaucoup de n'en point différer
l'examen. Ce travail terminé, vous me ferez l'honneur
d'accepter un repas modeste que je prétends vous offrir
sous l'ombrage de ma tonnelle.

Je me résignai donc. Il est inutile de dire que la
bienheureuse liasse 116 ne contenait, comme les précé-
dentes, que la vaine poussière des siècles. A midi précis,
la vieille demoiselle vint me présenter son bras, et me
conduisit en cérémonie dans un petit jardin festonné de
buis, qui forme, avec un bout de prairie contiguë, tout le
domaine actuel des Porhoët. La table était dressée sous
une charmille arrondie en berceau, et le soleil d'une belle
journée d'été jetait à travers les feuilles quelques rayons
irisés sur la nappe éclatante et parfumée. J'achevais de
faire honneur au poulet doré, à la fraîche salade et à la
bouteille de vieux bordeaux qui composaient le menu du
festin, quand Mlle de Porhoët, qui avait paru enchantée
de mon appétit, fit tomber la conversation sur la famille
Laroque. — Je vous confesse, me dit-elle, que l'ancien
corsaire ne me plaît point. Je me souviens qu'il avait,
lorsqu'il arriva dans ce pays, un grand singe familier
qu'il habillait en domestique, et avec lequel il semblait

s'entendre parfaitement. Cet animal était une vraie
peste dans le canton, et il n'y avait qu'un homme sans
éducation et sans décence qui pût s'en être affublé. On
disait que c'était un singe, et j'y consentais ; mais au fond
je pense que c'était tout bonnement un nègre, d'autant
plus que j'ai toujours soupçonné son maître d'avoir fait le
trafic de cette denrée sur la côte d'Afrique. Au surplus,
feu M. Laroque le fils était un homme de bien et très
comme il faut. Quant à ces dames, parlant bien entendu
de Mme Laroque et de sa fille, et nullement de la veuve
Aubry, qui est une créature de bas aloi, quant à ces dames,
dis-je, il n'y a pas d'éloges qu'elles ne méritent.

Nous en étions là quand le pas relevé d'un cheval se
fit entendre dans le sentier qui borde extérieurement
le mur du jardin. Au même instant on frappa quelques
coups secs à une petite porte voisine de la tonnelle : —
Eh bien ! dit Mlle de Porhoët, qui va là ? Je levai les
yeux, et je vis flotter une plume noire au-dessus de la
crête du mur.

— Ouvrez, dit gaiement en dehors une voix d'un timbre
grave et musical ; ouvrez, c'est la fortune de la France !

— Comment ! c'est vous, ma mignonne ! s'écria la vieille
demoiselle. Courez vite, mon cousin.

La porte ouverte, je faillis être renversé par Mervyn,
qui se précipita à travers mes jambes, et j'aperçus Mlle
Marguerite, qui s'occupait d'attacher les rênes de son
cheval aux barres d'une clôture.

— Bonjour, monsieur, me dit-elle, sans montrer la
moindre surprise de me trouver là. Puis, relevant sur
son bras les longs plis de sa jupe traînante, elle entra dans
le jardin.

— Soyez la bienvenue en ce beau jour, la belle fille, dit Mlle de Porhoët, et embrassez-moi. Vous avez couru, jeune folle, car vous avez le visage couvert d'une pourpre vive, et le feu vous sort littéralement des yeux. Que pourrais-je vous offrir, ma merveille?

— Voyons! dit Mlle Marguerite en jetant un regard sur la table; qu'est-ce que vous avez là?... Monsieur a donc tout mangé?... Au reste je n'ai pas faim, j'ai soif.

— Je vous défends bien de boire dans l'état où vous êtes; mais attendez,... il y a encore quelques fraises dans cette plate-bande...

— Des fraises! *ô gioja!* chanta la jeune fille... Prenez vite une de ces grandes feuilles, monsieur, et venez avec moi.

Pendant que je choisissais la plus large feuille d'un figuier, Mlle de Porhoët, fermant un œil à demi et suivant de l'autre avec un sourire de complaisance la fière démarche de sa favorite à travers les allées pleines de soleil: — Regardez-la donc, cousin, me dit-elle tout bas, ne serait-elle pas digne d'être des nôtres?

Cependant Mlle Marguerite, penchée sur la plate-bande et trébuchant à chaque pas dans sa traîne, saluait par un petit cri d'allégresse chaque fraise qu'elle parvenait à découvrir. Je me tenais près d'elle, étalant dans ma main la feuille de figuier sur laquelle elle déposait de temps en temps une fraise contre deux qu'elle croquait pour se donner patience. Quand la moisson fut suffisante à son gré, nous revînmes en triomphe sous la tonnelle; ce qui restait de fraises fut saupoudré de sucre, puis mangé à belles et très-belles dents.

— Ah! que ça m'a fait de bien! dit alors Mlle Marguerite en jetant son chapeau sur un banc et en se renversant
contre la clôture de charmille. Et maintenant, pour com-
pléter mon bonheur, ma chère demoiselle, vous allez me
conter des histoires du temps passé, du temps où vous
étiez une belle guerrière.

Mlle de Porhoët, souriante et ravie, ne se fit pas prier
davantage pour tirer de sa mémoire les épisodes les
plus marquants de ses intrépides chevauchées à la suite
des Lescure et des La Rochejacquelein. J'eus en cette
occasion une nouvelle preuve de l'élévation d'âme de ma
vieille amie, quand je l'entendis rendre hommage en passant à tous les héros de ces guerres gigantesques, sans
acception de drapeau. Elle parlait en particulier du
général Hoche, dont elle avait été la captive de guerre,
avec une admiration presque tendre. Mlle Marguerite
prêtait à ces récits une attention passionnée qui m'étonna.
Tantôt, à demi ensevelie dans sa niche de charmille et
ses longs cils un peu baissés, elle gardait l'immobilité
d'une statue; tantôt, l'intérêt devenant plus vif, elle s'ac-
coudait sur la petite table, et, plongeant sa belle main
dans les flots de sa chevelure dénouée, elle dardait sur
la vieille Vendéenne l'éclair continu de ses grands yeux.

Il faut bien le dire, je compterai toujours parmi les plus
douces heures de ma triste vie celles que je passai à contempler sur ce noble visage les reflets d'un ciel radieux
mêlés aux impressions d'un cœur vaillant.

Les souvenirs de la conteuse épuisés, Mlle Marguerite
l'embrassa, et réveillant Mervyn, qui dormait à ses pieds,
elle annonça qu'elle retournait au château. Je ne me fis
aucun scrupule de partir en même temps, convaincu que

je ne pouvais lui causer aucun embarras. A part en effet
l'extrême insignifiance de ma personne et de ma compagnie aux yeux de la riche héritière, le tête-à-tête en
géneral n'a rien de gênant pour elle, sa mère lui ayant
donné résolûment l'éducation libérale qu'elle a reçue elle-
même dans une des colonies britanniques : on sait que la
méthode anglaise accorde aux femmes avant le mariage
toute l'indépendance dont nous les gratifions sagement le
jour où les abus en deviennent irréparables.

Nous sortîmes donc ensemble du jardin ; je lui tins
l'étrier pendant qu'elle montait à cheval, et nous nous
mîmes en marche vers le château. Au bout de quelque
pas : — Mon Dieu ! monsieur, me dit-elle, je suis venue là
vous déranger fort mal à propos, il me semble. Vous
étiez en bonne fortune.

— C'est vrai, mademoiselle ; mais comme j'y étais
depuis longtemps, je vous pardonne, et même je vous
remercie.

— Vous avez beaucoup d'attentions pour notre pauvre
voisine. Ma mère vous en est très-reconnaisante.

— Et la fille de madame votre mère ? dis-je en riant.

— Oh ! moi, je m'exalte moins facilement. Si vous
avez la prétention que je vous admire, il faut avoir la
bonté d'attendre encore un peu de temps. Je n'ai point
l'habitude de juger légèrement des actions humaines, qui
ont généralement deux faces. J'avoue que votre conduite
à l'égard de Mlle de Porhoët a belle apparence ; mais...
— Elle fit une pause, hocha la tête, et reprit d'un ton
sérieux, amer et véritablement outrageant : — Mais je ne
suis pas bien sûre que vous ne lui fassiez pas la cour dans
l'espoir d'hériter d'elle.

Je sentis que je pâlissais. Toutefois, réfléchissant au ridicule de répondre en capitan à cette jeune fille, je me contins, et je lui dis avec gravité : — Permettez-moi, mademoiselle, de vous plaindre sincèrement.

Elle parut très-surprise. — De me plaindre, monsieur ?

— Oui, mademoiselle, souffrez que je vous exprime la pitié respectueuse à laquelle vous me paraissez avoir droit.

— La pitié ! dit-elle en arrêtant son cheval et en tournant lentement vers moi ses yeux à demi clos par le dédain. Je n'ai pas l'avantage de vous comprendre !

— Cela est cependant fort simple, mademoiselle : si la désillusion du bien, le doute et la sécheresse d'âme sont les fruits les plus amers de l'expérience d'une longue vie, rien au monde ne mérite plus de compassion qu'un cœur flétri par la défiance avant d'avoir vécu.

— Monsieur, répliqua Mlle Laroque avec une vivacité très-étrangère à son langage habituel, vous ne savez de quoi vous parlez ! Et, ajouta-t-elle plus sévèrement, vous oubliez à qui vous parlez !

— Cela est vrai, mademoiselle, répondis-je doucement en m'inclinant ; je parle un peu sans savoir, et j'oublie un peu à qui je parle ; mais vous m'en avez donné l'exemple.

Mlle Marguerite, les yeux fixés sur la cime des arbres qui bordaient le chemin, me dit alors avec une hauteur ironique : — Faut-il vous demander pardon ?

— Assurément, mademoiselle, repris-je avec force, si l'un de nous deux avait ici un pardon à demander, ce serait vous : vous êtes riche je suis pauvre ; vous pouvez vous humilier... je ne le puis pas !

Il y eut un silence. Ses lèvres serrées, ses narines
ouvertes, la pâleur soudaine de son front, témoignaient
du combat qui se livrait en elle. Tout à coup, abaissant
sa cravache comme pour un salut : — Eh ! bien ! dit-elle,
pardon ! — En même temps elle fouetta violemment son
cheval, et partit au galop, me laissant au milieu du
chemin.

Je ne l'ai pas revue depuis.

30 juillet.

Le calcul des probabilités n'est jamais plus vain que
lorsqu'il s'exerce au sujet des pensées et des sentiments
d'une femme. Ne me souciant pas de me trouver de
sitôt en présence de Mlle Marguerite après la scène
pénible qui avait eu lieu entre nous, j'avais passé deux
jours sans me montrer au château : j'espérais à peine que
ce court intervalle eût suffi pour calmer les ressentiments
que j'avais soulevés dans ce cœur hautain. Cependant
avant-hier matin, vers sept heures, comme je travaillais
près de la fenêtre ouverte de ma tourelle, je m'entendis
appeler tout à coup sur le ton d'un enjouement amical
par la personne même dont je croyais m'être fait une
ennemie.

— Monsieur Odiot, êtes-vous là ?

Je me présentai à ma fenêtre, et j'aperçus dans une
barque qui stationnait près du pont Mlle Marguerite,
retroussant d'une main le bord de son grand chapeau de
paille brune et levant les yeux vers ma tour obscure.

— Me voici, mademoiselle, dis-je avec empressement.

—Venez-vous vous promener?

Après les justes alarmes dont j'avais été tourmenté pendant deux jours, tant de condescendance me fit craindre, suivant la formule, d'être le jouet d'un rêve insensé.

—Pardon, mademoiselle;... comment dites-vous?

—Venez-vous faire une petite promenade avec Alain, Mervyn et moi?

—Certainement, mademoiselle.

—Eh bien, prenez votre album.

Je me hâtai de descendre, et j'accourus sur le bord de la rivière. — Ah! ah! me dit la jeune fille en riant, vous êtes de bonne humeur ce matin, à ce qu'il paraît?

Je murmurai gauchement quelques paroles confuses, dont le but était de faire entendre que j'étais toujours de bonne humeur, ce dont Mlle Marguerite parut mal convaincue; puis je sautai dans le canot, et je m'assis à côté d'elle.

—Nagez, Alain, dit-elle aussitôt, et le vieil Alain, qui se pique d'être un maître canotier, se mit à battre méthodiquement des rames, ce qui lui donnait la mine d'un oiseau pesant qui fait de vains efforts pour s'envoler. — Il faut bien, reprit alors Mlle Marguerite, que je vienne vous arracher de votre donjon, puisque vous boudez obstinément depuis deux jours.

—Mademoiselle, je vous assure que la discrétion seule,... le respect,... la crainte...

—Oh! mon Dieu! le respect,... la crainte... Vous boudiez, voilà. Nous valons mieux que vous, positivement. Ma mère qui prétend, je ne sais pas trop pourquoi, que nous devons vous traiter avec une consideration très-

distinguée, m'a priée de m'immoler sur l'autel de votre
orgueil, et en fille obéissante je m'immole.

Je lui exprimai vivement et bonnement ma franche
reconnaissance.

— Pour ne pas faire les choses à demi, reprit-elle, j'ai
résolu de vous donner une fête à votre goût : ainsi voilà
une belle matinée d'été, des bois et des clairières avec
tous les effets de lumière désirables, des oiseaux qui chan-
tent sous la feuillée, une barque mystérieuse qui glisse sur
l'onde... Vous qui aimez ces sortes d'histoires, vous devez
être content ?

— Je suis ravi, mademoiselle.

— Ah ! ce n'est pas malheureux.

Je me trouvais en effet pour le moment assez satisfait
de mon sort. Les deux rives entre lesquelles nous glis-
sions étaient jonchées de foin nouvellement coupé qui
parfumait l'air. Je voyais fuir autour de nous les sombres
avenues du parc que le soleil du matin parsemait de
traînées éclatantes ; des millions d'insectes s'enivraient de
rosée dans le calice des fleurs, en bourdonnant joyeuse-
ment. Vis-à-vis de moi, le bon Alain me souriait à
chaque coup de rame d'un air de complaisance et de protection ; plus près, Mlle Marguerite, vêtue de blanc contre
sa coutume, belle, fraîche et pure comme une pervenche,
secouait d'une main les perles humides que l'heure matin-
ale suspendait à la dentelle de son chapeau, et présentait
l'autre comme un appât au fidèle Mervyn, qui nous suivait à la nage. Véritablement il n'aurait pas fallu me
prier bien fort pour me faire aller au bout du monde dans
cette petite barque blanche.

Comme nous sortions des limites du parc, en passant sous une des arches qui percent le mur d'enceinte :

— Vous ne me demandez pas où je vous mène, monsieur ? me dit la jeune créole.

— Non, non, mademoiselle, cela m'est parfaitement égal.

— Je vous mène dans le pays de fées.

— Je m'en doutais.

— Mlle Hélouin, plus compétente que moi en matière poétique, a dû vous dire que les bouquets de bois qui couvrent ce pays à vingt lieues à la ronde sont les restes de la vieille forêt de Brocélyande, où chassaient les ancêtres de votre amie Mlle de Porhoët, les souverains de Gaël, et où le grand-père de Mervyn, que voici, fut enchanté, tout enchanteur qu'il était, par une demoiselle du nom de Viviane. Or nous serons bientôt en plein centre de cette forêt. Et si ce n'est pas assez pour vous monter l'imagination, sachez que ces bois gardent encore mille traces de la mystérieuse religion des Celtes ; ils en sont pavés. Vous avez donc le droit de vous figurer sous chacun de ces ombrages un druide en robe blanche, et de voir reluire une faucille d'or dans chaque rayon de soleil. Le culte de ces vieillards insupportables a même laissé près d'ici dans un site solitaire, romantique, pittoresque, *et cœtera*, un monument devant lequel les personnes disposées à l'extase ont coutume de se pâmer ; j'ai pensé que vous auriez du plaisir à le dessiner, et comme le lieu n'est pas facile à découvrir, j'ai résolu de vous servir de guide, ne vous demandant en retour que de m'épargner les explosions d'un enthousiasme auquel je ne saurais m'associer.

— Soit, mademoiselle, je me contiendrai.

— Je vous en prie !

— C'est entendu. Et comment appelez-vous ce monument ?

— Moi, je l'appelle un tas de grosses pierres ; les antiquaires l'appellent, les uns simplement un dolmen, les autres, plus prétentieux, un *cromlech ;* les gens du pays le nomment, sans expliquer pourquoi, la *migourdit.*

Cependant nous descendions doucement le cours de l'eau, entre deux bandes de prairies humides ; des bœufs de petite taille, à la robe noire pour la plupart, aux longues cornes acérées, se levaient çà et là au bruit des rames, et nous regardaient passer d'un œil farouche. Le vallon, où serpentait la rivière qui allait s'élargissant, était fermé des deux côtés par une chaîne de collines, les unes couvertes de bruyères et d'ajoncs desséchés, les autres de taillis verdoyants. De temps à autre, un ravin transversal ouvrait entre deux coteaux une perspective sinueuse, au fond de laquelle on voyait s'arrondir le sommet bleu d'une montagne éloignée. Mlle Marguerite, malgré son incompétence, ne laissait pas de signaler successivement à mon attention tous les charmes de ce paysage sévère et doux, ne manquant pas toutefois d'accompagner chacune de ses remarques d'une réserve ironique.

Depuis un moment, un bruit sourd et continu semblait annoncer le voisinage d'une chute d'eau, quand la vallée se resserra tout à coup et prit l'aspect d'une gorge retirée et sauvage. A gauche se dressait une haute muraille de roches plaquées de mousse ; des chênes et des sapins, entremêlés de lierre et de broussailles pendantes, s'étageaient dans les crevasses jusqu'au faîte de la falaise, jetant une ombre mystérieuse sur l'eau plus profonde qui baignait

le pied des rochers. Devant nous, à quelques centaines
de pas, l'onde bouillonnait, écumait, puis disparaissait
soudain, la ligne brisée de la rivière se dessinant à travers
une fumée blanchâtre sur un fond lointain de confuse
verdure. A notre droite, la rive opposée à la falaise ne
présentait plus qu'une faible marge de prairie en pente,
sur laquelle les collines chargées de bois marquaient une
frange de velours sombre.

— Accoste! dit la jeune créole. — Pendant qu'Alain
amarrait la barque aux branches d'un saule : — Eh bien!
monsieur, reprit-elle, en sautant légèrement sur l'herbe,
vous ne vous trouvez pas mal? vous n'êtes pas renversé,
pétrifié, foudroyé? On dit pourtant que c'est très-joli,
cet endroit-ci. Moi, je l'aime parce qu'il y fait toujours
frais... Mais suivez-moi dans ces bois, — si vous l'osez, —
et je vais vous montrer ces fameuses pierres.

Mlle Marguerite, vive, alerte et gaie comme je ne l'avais
jamais vue, franchit la prairie en deux bonds, et prit un
sentier qui s'enfonçait dans la futaie en gravissant les
coteaux. Alain et moi nous la suivîmes à la file indienne.
Après quelques minutes d'une marche rapide, notre
conductrice s'arrêta, parut se consulter un moment et
s'orienter, puis séparant délibérément deux branches
entrelacées, elle quitta le chemin tracé et se lança en plein
taillis. Le voyage devint alors moins agréable. Il était
très-difficile de se frayer passage à travers les jeunes
chênes déjà vigoureux dont se composait ce taillis, et qui
s'entre-croisaient, comme les palissades de Robinson, leurs
troncs obliques et leurs rameaux touffus. Alain et moi
du moins, nous avancions à grand'peine, courbés en deux,
nous heurtant la tête à chaque pas, et faisant tomber sur

nous, à chacun de nos lourds mouvements, une pluie de
rosée ; mais Mlle Marguerite, avec l'adresse supérieure et
la souplesse féline de son sexe, se glissait sans aucun effort
apparent à travers les interstices de ce labyrinthe, riant
de nos souffrances, et laissant négligemment se détendre
derrière elle les branches flexibles qui venaient nous fou-
etter les yeux.

Nous arrivâmes enfin dans une clairière très-étroite qui
paraît couronner le sommet de cette colline : là j'aperçus,
non sans émotion, la sombre et monstrueuse table de
pierre soutenue par cinq ou six blocs énormes, qui sont à
demi engagés dans le sol, et y forment une caverne vraiment pleine d'une horreur sacrée. Au premier aspect, il
y a dans cet intact monument des temps presque fabuleux
et des religions primitives une puissance de vérité, une
sorte de présence réelle qui saisit l'âme et donne le frisson. Quelques rayons de soleil, pénétrant la feuillée,
filtraient à travers les assises disjointes, jouaient sur la
dalle sinistre, et prêtaient une grâce d'idylle à cet autel
barbare. Mlle Marguerite elle-même parut pensive et
recueillie. Pour moi, après avoir pénétré dans la caverne
et examiné le dolmen sous toutes ses faces, je me mis en
devoir de le dessiner.

Il y avait dix minutes environ que je m'absorbais dans
ce travail, sans me préoccuper de ce qui pouvait se passer
autour de moi, quand Mlle Marguerite me dit tout à coup :
— Voulez-vous une Velléda pour animer le tableau ? —
Je levai les yeux. Elle avait enroulé autour de son front
un épais feuillage de chêne, et se tenait debout à la tête
du dolmen, légèrement appuyée contre un faisceau de
jeunes arbres : sous le demi-jour de la ramée, sa robe

blanche prenait l'éclat du marbre, et ses prunelles étin-
celaient d'un feu étrange dans l'ombre projetée par le
relief de sa couronne. Elle était belle, et je crois qu'elle
le savait. Je la regardais sans trouver rien à lui dire,
quand elle reprit : — Si je vous gêne, je vais m'ôter. —
Non, je vous en prie. — Eh bien, dépêchez-vous : mettez
aussi Mervyn ; il sera le druide, et moi la druidesse. —
J'eus le bonheur de reproduire assez fidèlement, grâce au
vague d'une ébauche, la poétique vision dont j'étais
favorisé. Elle vint avec une apparence d'empressement
examiner mon dessein. — Ce n'est pas mal, dit-elle. —
Puis elle jeta sa couronne en riant, et ajouta : — Convenez
que je suis bonne. — J'en convins : j'aurais même avoué
en outre, si elle l'eût désiré, qu'elle ne manquait pas d'un
grain de coquetterie ; mais elle ne serait pas femme sans
cela, et la perfection est haïssable : il fallait aux déesses
elles-mêmes pour être aimées quelque chose de plus que
leur immortelle beauté.

Nous regagnâmes, à travers l'inextricable taillis, le
sentier tracé dans le bois, et nous redescendîmes vers la
rivière. — Avant de repartir, me dit la jeune fille, je veux
vous montrer la cataracte, d'autant plus que je compte
me donner à mon tour un petit divertissement. Venez,
Mervyn ! Venez, mon bon chien ! Que tu es beau, va !
— Nous nous trouvâmes bientôt sur la berge en face des
récifs qui barraient le lit de la rivière. L'eau se précipitait d'une hauteur de quelques pieds au fond d'un large
bassin profondément encaissé et de forme circulaire, que
paraissait borner de toutes parts un amphithéâtre de
verdure parsemé de roches humides. Cependant quelques
ravines invisibles recevaient le trop-plein du petit lac, et

ces ruisseaux allaient se réunir de nouveau un peu plus loin dans un lit commun.

— Ce n'est pas précisément le Niagara, me dit Mlle Marguerite en élevant un peu la voix pour dominer le bruit de la chute; mais j'ai entendu dire à des connaisseurs, à des artistes, que c'était néanmoins assez gentil. Avez-vous admiré? Bien! Maintenant j'espère que vous accorderez à Mervyn ce qui peut vous rester d'enthousiasme. Ici, Mervyn!

Le terre-neuve vint se poster à côté de sa maîtresse, et la regarda en tressaillant d'impatience. La jeune fille alors, ayant lesté son mouchoir de quelques cailloux, le lança dans le courant un peu au-dessus de la chute. Au même moment, Mérvyn tombait comme un bloc dans le bassin inférieur, et s'éloignait rapidement du bord; le mouchoir cependant suivit le cours de l'eau, arriva aux récifs, dansa un instant dans un remous, puis, passant tout à coup comme une flèche par-dessus la roche arrondie, il vint tourbillonner dans un flot d'écume sous les yeux du chien, qui le saisit d'une dent prompte et sûre. Après quoi Mervyn regagna fièrement la rive, où Mlle Marguerite battait des mains.

Cet exercice charmant fut renouvelé plusieurs fois avec le même succès. On en était à la sixième reprise, quand il arriva, soit que le chien fût parti trop tard, soit que le mouchoir eût été lancé trop tôt, que le pauvre Mervyn manqua la passe. Le mouchoir, entraîné par le remous des cascades, fut porté dans des broussailles épineuses qui se montraient un peu plus loin au-dessus de l'eau. Mervyn alla l'y chercher; mais nous fûmes très-surpris de le voir tout à coup se débattre convulsivement, lâcher sa proie,

et lever la tête vers nous en poussant des cris lamentables.
— Eh! mon Dieu, qu'est-ce qu'il a donc? s'écria Mlle
Marguerite.

— Mais on croirait qu'il s'est empêtré dans ces broussailles. Au reste il va se dégager, n'en doutez pas.

Bientôt cependant il fallut en douter, et même en dé-
sespérer. Le lacis de lianes dans lequel le malheureux
terre-neuve se trouvait pris comme au piége émergeait
directement au-dessous d'un évasement du barrage qui
versait sans relâche sur la tête de Mervyn une masse
d'eau bouillonnante. La pauvre bête, a demi suffoquée,
cessa de faire le moindre effort pour rompre ses liens, et
ses aboiements plaintifs prirent l'accent étranglé du râle.
En ce moment, Mlle Marguerite saisit mon bras, et dit
presque à mon oreille d'une voix basse : — Il est perdu...
Venez, monsieur... Allons-nous-en. — Je la regardai. La
douleur, l'angoisse, la contrainte bouleversaient ses traits
pâles, et creusaient au-dessous de ses yeux un cercle
livide.

— Il n'y a aucun moyen, lui dis-je, de faire descendre
ici la barque; mais, si vous voulez me permettre, je sais
un peu nager, et je m'en vais aller tendre la patte à ce
monsieur.

— Non, non, n'essayez pas... Il y a très-loin jusque-là...
Et puis j'ai toujours entendu dire que la rivière était profonde et dangereuse sous la chute.

— Soyez tranquille, mademoiselle; je suis très-prudent.
— En même temps je jetai ma jaquette sur l'herbe et
j'entrai dans le petit lac, en prenant la précaution de me
tenir à une certaine distance de la chute. L'eau était
très-profonde en effet, car je ne trouvai pied qu'au moment

où j'approchai de l'agonisant Mervyn. Je ne sais s'il y a eu là autrefois quelque îlot qui se sera écroulé et affaissé peu à peu, ou si quelque crue de la rivière aura entraîné et déposé dans cette passe des fragments arrachés de la berge ; ce qu'il y a de certain, c'est qu'un épais enchevêtrement de broussailles et de racines se cache sous ces eaux perfides, et y prospère. Je posai les pieds sur une des souches d'où paraissent surgir les buissons, et je parvins à délivrer Mervyn, qui, aussitôt maître de ses mouvements, retrouva tous ses moyens, et s'en servit sans retard pour nager vers la rive, m'abandonnant de tout son cœur. Ce trait n'était point très-conforme à la réputation chevaleresque qu'on à faite à son espèce ; mais le bon Mervyn a beaucoup vécu parmi les hommes, et je suppose qu'il y est devenu un peu philosophe. — Quand je voulus prendre mon élan pour le suivre, je reconnus avec ennui que j'étais arrêté à mon tour dans les filets de la naïade jalouse et malfaisante qui règne apparemment en ces parages. Une de mes jambes était enlacée dans des nœuds de liane que j'essayai vainement de rompre. On n'est point à l'aise dans une eau profonde, et sur un fond visqueux, pour déployer toute sa force ; j'étais d'ailleurs à demi aveuglé par le rejaillissement continuel de l'onde écumante. Bref, je sentais que ma situation devenait équivoque. Je jetai les yeux sur la rive : Mlle Marguerite, suspendue au bras d'Alain, était penchée sur le gouffre et attachait sur moi un regard d'anxiété mortelle. Je me dis qu'il ne tenait peut-être qu'à moi en ce moment d'être pleuré par ces beaux yeux, et de donner à une existence misérable une fin digne d'envie. Puis je secouai ces molles pensées : un violent effort me dégagea, je nouai

autour de mon cou le petit mouchoir qui était en lambeaux, et je regagnai paisiblement le rivage.

Comme j'abordais, Mlle Marguerite me tendit sa main,
qui tremblait un peu. Cela me sembla doux. — Quelle
folie! dit-elle. Quelle folie! Vous pouviez mourir là!
et pour un chien! — C'était le vôtre, lui répondis-je à
demi-voix, comme elle m'avait parlé. Ce mot parut la
contrarier; elle retira brusquement sa main, et, se retournant vers Mervyn, qui se séchait au soleil en bâillant, elle
se mit à le battre: "Oh! le sot! le gros sot! dit-elle.
Qu'il est bête!"

Cependant je ruisselais sur l'herbe comme un arrosoir,
et ne savais trop que faire de ma personne, quand la jeune
fille, revenant à moi, reprit avec bonté: "Monsieur Maxime, prenez la barque et allez-vous-en bien vite. Vous
vous réchaufferez un peu en ramant. Moi je m'en re-
tournerai avec Alain par les bois. Le chemin est plus
court." Cet arrangement me paraissant le plus convenable à tous égards, je n'y fis aucune objection. Je pris
congé, j'eus pour la seconde fois le plaisir de toucher la
main de la maîtresse de Mervyn, et je me jetai dans la
barque.

Rentré chez moi, je fus surpris, en m'occupant de ma
toilette, de retrouver autour de mon cou le petit mouchoir
déchiré, que j'avais tout à fait oublié de rendre à Mlle
Marguerite. Elle le croyait certainement perdu, et je me
décidai sans scrupule à me l'approprier, comme prix de
mon humide tournoi.

J'allai le soir au château; Mlle Laroque m'accueillit
avec cet air d'indolence dédaigneuse, de distraction
sombre et d'amer ennui qui la caractérise habituellement,

et qui formait alors un singulier contraste avec la graci
euse bonhomie et la vivacité enjouée de ma compagne du
matin.   Pendant le dîner, auquel assistait M. de Bévallan,
elle parla de notre excursion, comme pour en ôter tout
mystère ; elle lança, chemin faisant, quelques brèves railleries à l'adresse des amants de la nature, puis elle ter-
mina en racontant la mésaventure de Mervyn ; mais elle
supprima de ce dernier épisode toute la partie qui me
concernait.   Si cette réserve avait pour but, comme je le
crois, de donner le ton à ma propre discrétion, la jeune
demoiselle prenait une peine fort inutile.   Quoi qu'il en
soit, M. de Bévallan, à l'audition de ce récit, nous assour-
dit de ses cris de désespoir.—Comment ! Mlle Marguerite
avait souffert ces longues anxiétées, le brave Mervyn
avait couru ces périls, et lui, Bévallan, ne s'était point
trouvé là !   Fatalité ! il ne s'en consolerait jamais ; il ne
lui restait qu'à se pendre, comme Crillon ! — Eh bien ! s'il
n'y avait que moi pour le dépendre, me dit le soir le vieil
Alain en me reconduisant, j'y mettrais le temps !

La journée d'hier ne commença pas pour moi aussi
gaiement que celle de la veille.   Je reçus dès le matin
une lettre de Madrid, qui me chargeait d'annoncer à Mlle
de Porhoët la perte définitive de son procès.   L'agent
d'affaires m'apprenait en outre que la famille contre laquelle on plaidait paraît ne pas devoir profiter de son
triomphe, car elle se trouve maintenant en lutte avec la
couronne, qui s'est éveillée au bruit de ces millions, et qui
soutient que la succession en litige lui appartient par
droit d'aubaine.—Après de longues réflexions, il m'a
semblé qu'il serait charitable de cacher à ma vieille amie
la ruine absolue de ses espérances.   J'ai donc le dessein

de m'assurer la complicité de son agent en Espagne : il
prétextera de nouveaux délais ; de mon côté, je poursuivrai
mes fouilles dans les archives, et je ferai enfin mon possible
pour que la pauvre femme continue, jusqu'à son dernier
jour, de nourrir ses chères illusions. Si légitime que soit
le caractère de cette tromperie, j'éprouvai toutefois le
besoin de la faire sanctionner par quelque conscience
délicate. Je me rendis au château dans l'après-midi, et
je fis ma confession à Mme Laroque : elle approuva mon
plan, et me loua même plus que l'occasion ne paraissait le
demander. Ce ne fut pas sans grande surprise que je
l'entendis terminer notre entretien pas ces mots : — C'est
le moment de vous dire, monsieur, que je vous suis pro-
frondément reconnaissante de vos soins, et que je prends
chaque jour plus de goût pour votre compagnie, plus
d'estime pour votre personne. Je voudrais, monsieur, —
je vous en demande pardon, car vous ne pouvez guère
partager ce vœu, — je voudrais que nous ne fussions
jamais séparés... Je prie humblement le ciel de faire tous
les miracles qui seraient nécessaires pour cela... car il faudrait des miracles, je ne me le dissimule pas. — Je ne pus
saisir le sens précis de ce langage, pas plus que je ne
m'expliquai l'émotion soudaine qui brilla dans les yeux
de cette excellente femme. — Je remerciai, comme il con-
venait, et je m'en allai à travers champs promener ma
tristesse.

Un hasard, — peu singulier, pour être franc, — me
conduisit, au bout d'une heure de marche, dans un vallon
retiré, sur les bords du bassin qui avait été le théâtre de
mes récentes prouesses. Ce cirque de feuillage et de
rochers qui enveloppe le petit lac réalise l'idéal même de

8

la solitude. On est vraiment là au bout du monde, dans
un pays vierge, en Chine, où l'on veut. Je m'étendis sur
la bruyère, et je refis en imagination toute ma promenade
de la veille, qui est de celles qu'on ne fait pas deux fois
dans le cours de la plus longue vie. Déjà je sentais
qu'une pareille bonne fortune, si jamais elle m'était offerte
une seconde fois, n'aurait plus à beaucoup près le même
charme d'imprévu, de sérénité, et, pour trancher le mot,
d'innocence. Il fallait bien me le dire, ce frais roman de
jeunesse, qui parfumait ma pensée, ne pouvait avoir qu'un
chapitre, qu'une page même, et je l'avais lue. Oui, cette
heure, cette heure d'amour, pour l'appeler par son nom,
avait été souverainement douce, parce qu'elle n'avait pas
été préméditée, parce que je n'avais songé à lui donner son
nom qu'après l'avoir épuisée, parce que j'avais eu l'ivresse
sans la faute ! Maintenant ma conscience était éveillée :
je me voyais sur la pente d'un amour impossible, ridicule,
— pis que cela, — coupable ! Il était temps de veiller sur
moi, pauvre déshérité que je suis !

Je m'adressais ces conseils dans ce lieu solitaire, — et il
n'eût pas été grandement nécessaire de venir là pour me
les adresser, — quand un murmure de voix me tira soudain de ma distraction. Je me levai, et je vis s'avancer
vers moi une société de quatre ou cinq personnes qui
venaient de débarquer. C'était d'abord Mlle Marguerite
s'appuyant sur le bras de M. de Bévallan, puis Mlle Hélouin et Mme Aubry, que suivaient Alain et Mervyn. Le
bruit de leur approche avait été couvert par le gronde-
ment des cascades ; ils n'étaient plus qu'à deux pas, je
n'avais plus le temps de faire retraite, et il fallut me
résigner au désagrément d'être surpris dans mon attitude

de beau ténébreux. Ma présence en ce lieu ne parut
toutefois éveiller aucune attention particulière; seulement
je crus voir passer un nuage de mécontentement sur le
front de Mlle Marguerite, et elle me rendit mon salut
avec une raideur marquée. *formality*

M. de Bévallan, planté sur les bords du bassin, fatigua
quelque temps les échos des clameurs banales de son admiration: — Délicieux! pittoresque! Quel ragoût!... La
plume de George Sand,... le pinceau de Salvator Rosa!
— le tout accompagné des gestes énergiques, qui semblaient tour à tour ravir à ces deux grands artistes les
instruments de leur génie. Enfin il se calma, et se fit
montrer la passe dangereuse où Mervyn avait failli périr.
Mlle Marguerite raconta de nouveau l'aventure, observant
d'ailleurs la même discrétion au sujet de la part que j'a-
vais prise au dénoûment. Elle insista même avec une
sorte de cruauté, relativement à moi, sur les talents, la
vaillance et la présence d'esprit que son chien avait dé-
ployés, suivant elle, dans cette circonstance héroïque.
Elle supposait apparemment que sa bienveillance pas-
sagère et le service que j'avais eu le bonheur de lui rendre
avaient dû faire monter à mon cerveau quelques fumées
de présomption qu'il était urgent de rabattre.

Cependant, Mlle Hélouin et Mme Aubry ayant mani-
festé un vif désir de voir se renouveler sous leurs yeux
les exploits tant vantés de Mervyn, la jeune fille appela
le terre-neuve, et lança, comme la veille, son mouchoir
dans le courant de la rivière; mais à ce signal le brave
Mervyn, au lieu de se précipiter dans le lac, prit sa course
le long de la rive, allant et venant d'un air affairé, aboyant
avec fureur, agitant la queue, donnant enfin mille preuves

d'un intérêt puissant, mais en même temps d'une excellente mémoire. Décidément la raison domine le cœur
chez cet animal. Ce fut en vain que Mlle Marguerite,
courroucée et confuse, employa tour à tour les caresses et
les menaces pour vaincre l'obstination de son favori : rien
ne put persuader à l'intelligente bête de confier de nouveau sa précieuse personne à ces ondes redoutables.
Après des annonces si pompeuses, la prudence opiniâtre
de l'intrépide Mervyn avait réellement quelque chose de
plaisant ; plus que tout autre, j'avais, je pense, le droit
d'en rire, et je ne m'en fis pas faute. Au surplus, l'hilarité
fut bientôt générale, et Mlle Marguerite finit elle-même
par y prendre part, quoique faiblement.

— Avec tout cela, dit-elle, voilà encore un mouchoir
perdu !

Le mouchoir, entraîné par le mouvement constant du
remous, était allé s'échouer naturellement dans les branches du buisson fatal, à une assez courte distance de la
rive opposée.

— Fiez-vous à moi, mademoiselle, s'écria M. de Bévallan. Dans dix minutes, vous aurez votre mouchoir, ou je
ne serai plus !

Il me parut que Mlle Marguerite, sur cette déclaration
magnanime, me lançait à la dérobée un regard expressif,
comme pour me dire : Vous voyez que le dévouement n'est point si rare autour de moi ! Puis elle
répondit à M. de Bévallan : — Pour Dieu ! ne faites
point de folie ! l'eau est très-profonde... Il y a un vrai
danger...

— Ceci m'est absolument égal, reprit M. de Bévallan.
Dites-moi, Alain, vous devez avoir un couteau ?

— Un couteau! répéta Mlle Marguerite avec l'accent de la surprise.

— Oui. Laissez-moi faire, laissez-moi faire!

— Mais que prétendez-vous faire d'un couteau?

— Je prétends couper une gaule, dit M. de Bévallan.

La jeune fille le regarda fixement. — Je croyais, murmura-t-elle, que vous alliez vous mettre à la nage?

— Oh! à la nage! dit M. de Bévallan; permettez, mademoiselle... D'abord je ne suis pas en costume de natation,... ensuite je vous avouerai que je ne sais pas nager.

— Si vous ne savez pas nager, répliqua la jeune fille d'un ton sec, il importe assez peu que vous soyez ou non en costume de natation!

— C'est parfaitement juste, dit M. de Bévallan avec une amusante tranquillité; mais vous ne tenez pas particulièrement à ce que je me noie, n'est-ce pas? Vous voulez votre mouchoir, voilà le but. Du moment que j'y arriverai, vous serez satisfaite, n'est-il pas vrai?

— Eh bien! allez, dit la jeune fille en s'asseyant avec résignation; allez couper votre gaule, monsieur.

M. de Bévallan, qu'il n'est pas très facile de décontenancer, disparut alors dans un fourré voisin, où nous entendîmes pendant un moment craquer des branchages; puis il revint armé d'un long jet de noisetier qu'il se mit à dépouiller de ses feuilles.

— Est-ce que vous comptez atteindre l'autre rive avec ce bâton, par hasard? dit Mlle Marguerite, dont la gaité commençait manifestement à s'éveiller.

— Laissez-moi faire, laissez-moi donc faire, mon Dieu! reprit l'imperturbable gentilhomme.

On le laissa faire. Il acheva de préparer sa gaule, après quoi il se dirigea vers la barque. Nous comprîmes alors que son dessein était de traverser la rivière en bateau au-dessus de la chute, et, une fois sur l'autre bord, de harponner le mouchoir, qui n'en était pas trés-éloigné. A cette découverte, il n'y eut dans l'assistance qu'un cri d'indignation, les dames en général aimant fort, comme on sait, les entreprises dangereuses — pour les autres.

— Voilà une belle invention vraiment ! Fi ! fi ! monsieur de Bévallan !

— Ta ! ta ! ta ! mesdames. C'est comme l'œuf de Christophe Colomb. Il fallait encore s'en aviser.

Cependant, contre toute attente, cette expédition d'apparence si pacifique ne devait se terminer ni sans émotions ni même sans périls. M. de Bévallan en effet, au lieu de gagner l'autre rive directement en face de la petite anse où la barque était amarrée, eut l'idée malencontreuse d'aller descendre sur quelque point plus voisin de la cataracte. Il poussa donc le canot au milieu du courant, puis le laissa dériver pendant un moment ; mais il ne tarda pas à s'apercevoir qu'aux approches de la chute la rivière, comme attirée par le gouffre et prise de vertige, précipitait son cours avec une inquiétante rapidité. Nous eûmes la révélation du danger en le voyant soudain mettre le canot en travers, et commencer à battre des rames avec une fiévreuse énergie. Il lutta contre le courant pendant quelques secondes avec un succès très-incertain. Cependant il se rapprochait peu à peu de la berge opposée, bien que la dérive continuât à l'entraîner avec une impétuosité effrayante vers les cataractes, dont les menaçantes rumeurs devaient alors lui emplir les oreilles. Il n'en était plus qu'à quelques pieds, lorsqu'un effort suprême le porta assez près du rivage pour que son salut du moins fût assuré. Il prit alors un élan vigoureux, et sauta sur le talus de la rive, en repoussant du pied, malgré lui, la barque abandonnée, qui fut culbutée aussitôt par-dessus les récifs, et vint nager dans le bassin, la quille en l'air.

Tant que le péril avait duré, nous n'avions eu, en face de cette scène, d'autre impression que celle d'une vive inquiétude; mais nos esprits, à peine rassurés, devaient être vivement saisis par le contraste qu'offrait le dénoûment de l'aventure avec l'aplomb et l'assurance ordinaires de celui qui en était le héros. Le rire est d'ailleurs aussi facile que naturel après des alarmes heureusement apaisées. Aussi n'y eut-il personne parmi nous qui ne s'abandonnât à une franche gaité, aussitôt que nous vîmes M. de Bévallan hors de la barque. Il faut dire qu'à ce moment même son infortune se complétait par un détail vraiment affligeant. La berge sur laquelle il s'était élancé présentait une pente escarpée et humide: il n'y eut pas plus tôt posé le pied qu'il glissa et retomba en arrière; quelques branches solides se trouvaient heureusement à sa portée, et il s'y cramponna des deux mains avec frénésie, pendant que ses jambes s'agitaient comme deux rames furieuses dans l'eau, d'ailleurs peu profonde, qui baignait la rive. Toute ombre de danger ayant alors disparu, le spectacle de ce combat était purement ridicule, et je suppose que cette cruelle pensée ajoutait aux efforts de M. de Bévallan une maladroite précipitation qui en retardait le succès. Il réussit cependant à se soulever et à reprendre pied sur le talus; puis subitement nous le vîmes glisser de nouveau en déchirant les broussailles sur son passage, après quoi il recommença dans l'eau, avec un désespoir évident, sa pantomime désordonnée. C'était véritablement à n'y pas tenir. Jamais, je crois, Mlle Marguerite n'avait été à pareille fête. Elle avait absolument perdu tout souci de sa dignité, et comme une nymphe ivre de raisin, elle remplissait le bocage des éclats de sa joie presque convulsive. Elle frappait dans ses mains à travers ses rires, criant d'une voix entrecoupée : — Bravo! bravo! monsieur de Bévallan! très-joli! délicieux! pittoresque! Salvator Rosa!

M. de Bévallan cependant avait fini par se hisser sur la terre ferme: se tournant alors vers les dames, il leur adressa un discours que le fracas de la chute ne permettait point d'entendre distinctement; mais à ses gestes animés, aux mouvements descriptifs de ses bras et à l'air gauchement souriant de son visage, nous pouvions comprendre qu'il nous donnait une explication apologétique de son désastre.

— Oui, monsieur, oui, reprit Mlle Marguerite, continuant de rire avec l'implacable barbarie d'une femme, c'est un beau succès! un très-beau succès! Soyez heureux!

Quand elle eut repris un peu de sérieux, elle m'interrogea sur les moyens de recouvrer la barque chavirée, qui par parenthèse est la meilleure de notre flottille. Je promis de revenir le lendemain avec des ouvriers et de présider au sauvetage; puis nous nous acheminâmes gaiement à travers les prairies dans la direction du château, tandis que M. de Bévallan, n'étant pas en costume de natation, devait renoncer à nous rejoindre, et s'enfonçait d'un air mélancolique derrière les rochers qui bordent l'autre rive.

20 août.

Enfin cette âme extraordinaire m'a livré le secret de ses orages. Je voudrais qu'elle l'eût gardé à jamais!

Dans les jours qui suivirent les dernières scènes que j'ai racontées, Mlle Marguerite, comme honteuse des mouvements de jeunesse et de franchise auxquels elle s'était abandonnée un instant, avait laissé retomber plus épais sur son front son voile de fierté triste de défiance et de dédain. Au milieu des bruyants plaisirs, des fêtes, des danses qui se succédaient au château, elle passait comme une ombre, indifférente, glacée, quelquefois irritée. Son ironie s'attaquait avec une amertume inconcevable tantôt aux plus pures jouissances de l'esprit, à celles que donnent la contemplation et l'étude, tantot même aux sentiments les plus nobles et les plus inviolables. Si l'on citait devant elle quelque trait de courage ou de vertu, elle le retournait aussitôt pour y chercher la face de l'é-goïsme: si l'on avait le malheur d'allumer en sa présence le plus faible grain d'encens sur l'autel de l'art, elle l'étei-gnait d'un revers de main. Son rire bref, saccadé, redoutable, pareil sur ses lèvres à la moquerie d'un ange tombé, s'acharnait à flétrir, partout où elle en voyait trace, les plus généreuses facultés de l'âme humaine, l'enthousiasme et la passion. Cet étrange esprit de dénigrement prenait, je le remarquais, vis-à-vis de moi un caractère de persécution spéciale et de véritable hostilité. Je ne comprenais pas, et je ne comprends pas encore très-bien, comment j'avais pu mériter ces attentions particu-lières, car s'il est vrai que je porte en mon cœur la ferme

religion des choses idéales et éternelles, et que la mort
seule l'en puisse arracher (eh! grand Dieu! que me reste-
rait-il, si je n'avais cela!), je ne suis nullement enclin aux
extases publiques, et mes admirations, comme mes amours,
n'importuneront jamais personne. Mais j'avais beau observer avec plus de scrupule que jamais l'espèce de pudeur
qui sied aux sentiments vrais, je n'y gagnais rien : j'étais
suspect de poésie. On me prêtait des chimères romanesques pour avoir le plaisir de les combattre, on me
mettait dans les mains je ne sais quelle harpe ridicule
pour se donner le divertissement d'en briser les cordes.

Bien que cette guerre déclarée à tout ce qui s'élève au-
dessus des intérêts positifs et des sèches réalités de la vie
ne fût pas un trait nouveau du caractère de Mlle Marguerite, il s'était brusquement exagéré et envenimé au point
de blesser les cœurs qui sont le plus attachés à cette
jeune fille. Un jour Mlle de Porhoët, fatiguée de cette
raillerie incessante, lui dit devant moi : — Ma mignonne,
il y a en vous depuis quelque temps un diable que vous
ferez bien d'exorciser le plus tôt possible; autrement vous
finiriez par former le saint trèfle avec Mme Aubry et Mme
de Saint-Cast, je veux bien vous en avertir. Pour mon
compte, je ne me pique pas d'être ni d'avoir été jamais
une personne très-romanesque, mais j'aime à penser qu'il
y a encore dans le monde quelques âmes capables de
sentiments généreux : je crois au désintéressement, quand
ce ne serait qu'au mien ; je crois même à l'héroïsme, car
j'ai connu des héros. De plus j'ai du plaisir à entendre
chanter les petits oiseaux sous ma charmille, et à bâtir
ma cathédrale dans les nuages qui passent. Tout cela
peut être fort ridicule, ma charmante; mais j'oserai vous

rappeler que ces illusions sont les trésors du pauvre, que monsieur et moi nous n'en avons point d'autres, et que nous avons la singularité de ne pas nous en plaindre.

Un autre jour, comme je venais de subir avec mon impassibilité ordinaire les sarcasmes à peine déguisés de Mlle Marguerite, sa mère me prit à part : — Monsieur Maxime, me dit-elle, ma fille vous tourmente un peu ; je vous prie de l'excuser. Vous devez remarquer que son caractère s'est altéré depuis quelque temps.

— Mademoiselle votre fille paraît être plus préoccupée que de coutume.

— Mon Dieu ! ce n'est pas sans raison : elle est sur le point de prendre une résolution très-grave, et c'est un moment où l'humeur des jeunes personnes et livrée aux brises folles.

Je m'inclinai sans répondre.

— Vous êtes maintenant, reprit Mme Laroque, un ami de la famille ; à ce titre, je vous serai obligée de me dire ce que vous pensez de M. de Bévallan ?

— M. de Bévallan, madame, a, je crois, une très-belle fortune, — un peu inférieure à la vôtre, — mais très-belle néanmoins, cent cinquante mille francs de rente environ.

— Oui ; mais comment jugez-vous sa personne, son caractère ?

— Madame, M. de Bévallan est ce qu'on nomme un très-beau cavalier. Il ne manque pas d'esprit ; il passe pour un galant homme.

— Mais croyez-vous qu'il rende ma fille heureuse ?

— Je ne crois pas qu'il la rende malheureuse. Ce n'est pas une âme méchante.

— Que voulez-vous que je fasse, mon Dieu ? il ne me plaît pas absolument,… mais il est le seul qui ne déplaise pas absolument à Marguerite,… et puis il y a si peu d'hommes qui aient cent mille francs de rente.. Vous comprenez que ma fille, dans sa position, n'a pas manqué de prétendants… Depuis deux ou trois ans, nous en sommes littéralement assiégés… Eh bien! il faut en finir… Moi, je suis malade,… je puis m'en aller d'un jour à l'autre… Ma fille resterait sans protection… Puisque voilà un mariage où toutes les convenances se rencontrent, et que le monde approuvera certainement, je serais coupable de ne pas m'y prêter. On m'accuse déja de souffler à ma fille des idées romanesques;…la vérité est que je ne lui souffle rien. Elle a une tête parfaitement à elle. Enfin qu'est-ce que vous me conseillez?

— Voulez-vous me permettre de vous demander quelle est l'opinion de Mlle de Porhoët? C'est une personne pleine de jugement et d'expérience, et qui de plus vous est entièrement dévouée.

— Eh! si j'en croyais Mlle de Porhoët, j'enverrais M. de Bévallan très-loin… Mais elle en parle bien à son aise, Mlle de Porhoët… Quand il sera parti, ce n'est pas elle qui épousera ma fille!

— Mon Dieu, madame, au point de vue de la fortune, M. de Bévallan est certainement un parti rare, il ne faut pas vous le dissimuler, — et si vous tenez rigoureusement à cent mille livres de rente?…

— Mais je ne tiens pas plus à cent mille livres de rente qu'à cent sous, mon cher monsieur… Seulement il ne s'agit pas de moi, il s'agit de ma fille… Eh bien! je ne peux pas la donner à un maçon, n'est-ce pas? Moi,

j'aurais assez aimé à être la femme d'un maçon; mais ce
qui aurait fait mon bonheur ne ferait peut-être pas celui
de ma fille. Je dois en la mariant consulter les idées
généralement reçues, non les miennes.

— Eh bien! madame, si ce mariage vous convient, et
s'il convient pareillement à mademoiselle votre fille...

— Mais non,... il ne me convient pas,... et il ne convient pas davantage à ma fille... C'est un mariage,...
mon Dieu! c'est un mariage de convenance, voilà tout!

— Dois-je comprendre qu'il est tout à fait arrêté?

— Non, puisque je vous demande conseil. S'il l'était,
ma fille serait plus tranquille... Ce sont ses hésitations
qui la bouleversent, et puis...

Mme Laroque se plongea dans l'ombre du petit dôme
qui surmonte son fauteuil, et ajouta: — Avez-vous quelque idée de ce qui se passe dans cette malheureuse tête?

— Aucune, madame.

Son regard étincelant se fixa sur moi pendant un moment. Elle poussa un soupir profond, et me dit d'un ton
doux et triste: — Allez, monsieur... je ne vous retiens
plus.

La confidence dont je venais d'être honoré m'avait
causé peu de surprise. Depuis quelque temps, il était
visible que Mlle Marguerite consacrait à M. de Bévallan
tout ce qu'elle pouvait garder encore de sympathie pour
l'humanité. Ces témoignages toutefois portaient plutôt
la marque d'une préférence amicale que celle d'une tendresse passionnée. Il faut dire au reste que cette préférence s'explique. M. de Bévallan, que je n'ai jamais aimé,
et dont j'ai, malgré moi, dans ces pages, présenté la
caricature plutôt que le portrait, réunit le plus grand

nombre des qualités et des défauts qui enlèvent habituellement le suffrage des femmes. La modestie lui manque
absolument; mais c'est à merveille, car les femmes ne
l'aiment pas. Il a cette assurance spirituelle, railleuse et
tranquille, que rien n'intimide, qui intimide facilement,
et qui garantit partout à celui qui en est doué une
sorte de domination et une apparence de supériorité.
Sa taille élevée, ses grands traits, son adresse aux
exercices physiques, sa renommée de coureur et de
chasseur, lui prêtent une autorité virile qui impose au
sexe timide. Il a enfin dans les yeux un esprit d'audace,
d'entreprise et de conquête que ses mœurs ne démen-
tent point, qui trouble les femmes. Il est juste d'ajouter
que de tels avantages n'ont en général toute leur prise
que sur les cœurs vulgaires; mais le cœur de Mlle
Marguerite, que j'avais été tenté d'abord, comme il arrive toujours, d'élever au niveau de sa beauté, semblait
faire étalage, depuis quelque temps, de sentiments d'un
ordre très-médiocre, et je le croyais très-capable de
subir, sans résistance comme sans enthousiasme, avec la
froideur passive d'une imagination inerte, le charme de
ce vainqueur banal et le joug subséquent d'un mariage
convenable.

De tout cela il fallait bien prendre mon parti, et je le
prenais plus facilement que je ne l'aurais cru possible un
mois plus tôt, car j'avais employé tout mon courage à
combattre les premières tentations d'un amour que le bon
sens et l'honneur réprouvaient également, et celle même
qui, sans le savoir, m'imposait ce combat, sans le savoir
aussi m'y avait aidé puissamment. Si elle n'avait pu me
cacher sa beauté, elle m'avait dévoilé son âme, et la

mienne s'était à demi refermée. Faible malheur sans
doute pour la jeune millionnaire, mais bonheur véritable
pour moi !

Cependant je fis un voyage à Paris, où m'appelaient
les intérêts de Mme Laroque et les miens. Je revins il y
a deux jours, et comme j'arrivais au château, on me dit
que le vieux M. Laroque me demandait avec insistance
depuis le matin. Je me rendis à la hâte dans son appartement. Dès qu'il m'aperçut, un pâle sourire effleura
ses joues flétries; il arrêta sur moi un regard où je crus
lire une expression de joie maligne et de secret triomphe,
puis il me dit de sa voix sourde et caverneuse :

— Monsieur ! monsieur de Saint-Cast est mort !

Cette nouvelle, que le singulier vieillard avait tenu à
m'apprendre lui-même, était exacte. Dans la nuit précé-
dente, le pauvre général de Saint-Cast avait été frappé
d'une attaque d'apoplexie, et une heure plus tard il était
enlevé à l'existence opulente et délicieuse qu'il devait à
Mme de Saint-Cast. Aussitôt l'événement connu au
château, Mme Aubry s'était fait transporter chez son
amie, et ces deux compagnonnes, nous dit le docteur
Desmarets, avaient tout le jour échangé sur la mort, sur
la rapidité de ses coups, sur l'impossibilité de les prévoir
ou de s'en garantir, sur l'inutilité des regrets, qui ne res-
suscitent personne, sur le temps qui console, une litanie
d'idées originales et piquantes. Après quoi, s'étant mises
à table, elles avaient repris des forces tout doucement. —
Allons ! mangez, madame ; il faut se soutenir, Dieu le veut,
disait Mme Aubry. Au dessert, Mme de Saint-Cast avait
fait monter une bouteille d'un petit vin d'Espagne que le
pauvre général adorait, en considération de quoi elle

priait Mme Aubry d'y goûter. Mme Aubry refusant
obstinément d'y gouter seule, Mme de Saint-Cast s'était
laissée persuader que Dieu voulait encore qu'elle prît un
verre de vin d'Espagne avec une croûte. On n'avait point
porté la santé du général.

Hier matin, Mme Laroque et sa fille, strictement vêtues
de deuil, montèrent en voiture : je pris place près d'elles.
Nous étions rendus vers dix heures dans la petite ville
voisine. Pendant que j'assistais aux funérailles du général,
ces dames se joignaient à Mme Aubry pour former autour
de la veuve le cercle de circonstance. La triste cérémonie
achevée, je regagnai la maison mortuaire, et je fus introduit, avec quelques familiers, dans le salon célèbre dont
le mobilier coûte quinze mille francs. Au milieu d'un
demi-jour funèbre, je distinguai, sur un canapé de douze
cents francs, l'ombre inconsolable de Mme de Saint-Cast,
enveloppée de longs crêpes, dont nous ne tarderons pas à
connaître le prix. A ses côtés se tenait Mme Aubry,
présentant l'image du plus grand affaissement physique
et moral. Une demi-douzaine de parentes et d'amies
complétaient ce groupe douloureux. Pendant que nous
nous rangions en haie à l'autre extrémité du salon, il y
eut un bruit de froissements de pieds et quelques craque-
ments du parquet ; puis un morne silence régna de nouveau dans le mausolée. De temps à autre seulement il
s'élevait du canapé un soupir lamentable, que Mme Aubry
répétait aussitôt comme un écho fidèle.

Enfin parut un jeune homme, qui s'était un peu attardé
dans la rue pour prendre le temps d'achever un cigare qu'il
avait allumé en sortant du cimetière. Comme il se glissait
discrètement dans nos rangs, Mme de Saint-Cast l'aperçut.

— C'est vous, Arthur? dit-elle d'une voix pareille à un souffle.

— Oui, ma tante, dit le jeune homme, s'avançant en vedette sur le front de notre ligne.

— Eh bien! reprit la veuve du même ton plaintif et traînant, c'est fini?

— Oui, ma tante, répondit d'un accent bref et délibéré le jeune Arthur, qui paraissait un garçon assez satisfait de lui-même.

Il y eut une pause, après laquelle Mme de Saint-Cast tira du fond de son âme expirante cette nouvelle série de questions: — Était-ce bien?

— Très-bien, ma tante, très-bien.

— Beaucoup de monde?

— Toute la ville, ma tante, toute la ville.

— La troupe?

— Oui, ma tante; toute la garnison, avec la musique.

Mme de Saint-Cast fit entendre un gémissement, et elle ajouta:

— Les pompiers?

— Les pompiers aussi, ma tante, très-certainement.

J'ignore ce que ce dernier détail pouvait avoir de particulièrement déchirant pour le cœur de Mme de Saint-Cast; mais elle n'y résista point: une pâmoison subite, accompagnée d'un vagissement enfantin, appela autour d'elle toutes les ressources de la sensibilité féminine, et nous fournit l'occasion de nous esquiver. Je n'eus garde, pour moi, de n'en pas profiter. Il m'était insupportable de voir cette ridicule mégère exécuter ses hypocrites momeries sur la tombe de l'homme faible, mais bon et

9

loyal, dont elle avait empoisonné la vie et très-vraisem-
blablement hâté la fin.

Quelques instants plus tard, Mme Laroque me fit proposer de l'accompagner à la métairie de Langoat, qui est
située cinq ou six lieues plus loin dans la direction de la
côte. Elle comptait y aller dîner avec sa fille : la fermière,
qui a été la nourrice de Mlle Marguerite, est malade en
ce moment, et ces dames projetaient depuis longtemps
de lui donner ce témoignage d'intérêt. Nous partîmes à
deux heures de l'après-midi. C'était une des plus chaudes
journées de cette chaude saison. Les deux portières
ouvertes laissaient entrer dans la voiture les effluves épais
et brûlants qu'un ciel torride versait à flots sur les landes
desséchées.

La conversation souffrit de la langueur de nos esprits.
Mme Laroque, qui se prétendait en paradis et qui s'était
enfin débarrassée de ses fourrures, restait plongée dans
une douce extase. Mlle Marguerite jouait de l'éventail
avec une gravité espagnole. Pendant que nous gravis-
sions lentement les côtes interminables de ce pays, nous
voyions fourmiller sur les roches calcinées des légions de
petits lézards cuirassés d'argent, et nous entendions le
pétillement continu des ajoncs qui ouvraient leurs gaînes
mûres au soleil.

Au milieu d'une de ces laborieuses ascensions, une voix
cria soudain du bord de la route : — Arrêtez, s'il vous
plaît ! — En même temps une grande fille aux jambes
nues, tenant une quenouille à la main et portant le costume
antique et la coiffe ducale des paysannes de cette contrée,
franchit rapidement le fossé : elle culbuta en passant quelques moutons effarés, dont elle paraissait être la bergère,

vint se camper avec une sorte de grâce debout sur le
marchepied, et nous présenta dans le cadre de la portière
sa figure brune, délibérée et souriante. — Excusez, mesdames, dit-elle de ce ton bref et mélodieux qui caractérise
l'accent des gens du pays; me feriez-vous bien le plaisir
de me lire cela? — Elle tirait de son corsage une lettre
pliée à l'ancienne mode.

— Lisez, monsieur, me dit Mme Laroque en riant, et
lisez tout haut, s'il y a lieu.

Je pris la lettre, qui était une lettre d'amour. Elle était
adressée très-minutieusement à Mlle Christine Oyadec,
du bourg de ***, commune de ***, à la ferme de ***.
L'écriture était d'une main fort inculte, mais qui paraissait sincère. La date annonçait que Mlle Christine avait
reçu cette missive deux ou trois semaines auparavant:
apparemment la pauvre fille, ne sachant pas lire et ne
voulant point livrer son secret à la malignité de son
entourage, avait attendu que quelque étranger de passage,
à la fois bienveillant et lettré, vînt lui donner la clef de
ce mystère qui lui brûlait le sein depuis quinze jours. Son
œil bleu et largement ouvert se fixait sur moi avec un air
de contentement inexprimable, pendant que je déchiffrais
péniblement les lignes obliques de la lettre, qui était
conçue en ces termes "Mademoiselle, c'est pour vous
dire que depuis le jour où nous nous sommes parlé
sur la lande après vêpres, mes intentions n'ont pas
changé, et que je suis en peine des vôtres; mon cœur,
mademoiselle est tout à vous, comme je désire que le
vôtre soit tout à moi, et si ça est, vous pouvez bien
être sûre et certaine qu'il n'y a pas âme vivante
plus heureuse sur la terre ni au ciel que votre ami,

—qui ne signe pas ; mais vous savez bien qui, mademoiselle."

— Est-ce que vous savez qui, mademoiselle Christine ?
dis-je en lui rendant la lettre.

— Ça se pourrait bien, dit-elle en nous montrant ses
dents blanches et en secouant gravement sa jeune tête
illuminée de bonheur.   Merci, mesdames et monsieur. —
Elle sauta à bas du marchepied, et disparut bientôt dans
le taillis en poussant vers le ciel les notes joyeuses et
sonores de quelque chanson bretonne.

Mme Laroque avait suivi avec un ravissement mani-
feste tous les détails de cette scène pastorale, qui caressait
délicieusement sa chimère ; elle souriait, elle rêvait devant
cette heureuse fille aux pieds nus, elle était charmée.
Cependant, lorsque Mlle Oyadec fut hors de vue, une
idée bizarre s'offrit soudain à la pensée de Mme Laroque :
c'était qu'après tout elle n'eût pas trop mal fait de donner
une pièce de cinq francs à la bergère, en outre de son
admiration.

— Alain ! cria-t-elle, rappelez-la.

— Pourquoi donc, ma mère ? dit vivement Mlle Marguerite, qui jusque-là n'avait paru accorder aucune attention à cet incident.

— Mais, mon enfant, peut-être cette fille ne comprend-
elle pas parfaitement tout le plaisir que j'aurais, — et
qu'elle devrait avoir elle-même, — à courir pieds nus dans
la poussière : je crois convenable, à tout hasard, de lui
laisser un petit souvenir.

— De l'argent ! reprit Mlle Marguerite ; oh ! ma mère,
ne faites pas cela !   Ne mettez pas d'argent dans le bonheur de cette enfant !

L'expression de ce sentiment raffiné, que la pauvre Christine, par parenthèse, n'aurait peut-être pas apprécié infiniment, ne laissa pas de m'étonner dans la bouche de Mlle Marguerite, qui ne se pique pas en général de cette quintessence. Je crus même qu'elle plaisantait, bien que son visage n'indiquât aucune disposition à l'enjouement. Quoi qu'il en soit, ce caprice, plaisant ou non, fut pris très au sérieux par sa mère, et il fut décidé d'enthousiasme qu'on laisserait à cette idylle son innocence et ses pieds nus.

A la suite de ce beau trait, Mme Laroque, évidemment fort contente d'elle-même, retomba dans son extase souriante, et Mlle Marguerite reprit son jeu d'éventail avec un redoublement de gravité. Une heure après, nous arrivions au terme de notre voyage. Comme la plupart des fermes de ce pays, où les hauteurs et les plateaux sont couverts de landes arides, la ferme de Langoat est assise dans le creux d'un vallon que traverse un cours d'eau. La fermière, qui se trouvait mieux, s'occupa sans retard des préparatifs du dîner, dont nous avions eu soin d'apporter les principaux éléments. Il fut servi sur la pelouse naturelle d'une prairie, à l'ombre d'un énorme châtaignier. Mme Laroque, installée dans une attitude extrèmement incommode sur un des coussins de la voiture, n'en paraissait pas moins radieuse. Notre réunion, disait-elle, lui rappelait ces groupes de moissonneurs qu'on voit en été se presser sous l'abri des haies, et dont elle n'avait jamais pu contempler sans envie les rustiques banquets. Pour moi, j'aurais trouvé peut-être en d'autres temps une douceur singulière dans l'étroite et facile intimité que ce repas sur l'herbe, comme toutes les scènes de ce genre, ne manquait pas d'établir entre les convives ; mais j'éloignais avec un pénible sentiment de contrainte un charme trop sujet au repentir, et le pain de cette fugitive fraternité me semblait amer.

Comme nous finissions de dîner : — Êtes-vous quelquefois monté là-haut ? me dit Mme Laroque en désignant le sommet d'une colline très-élevée qui dominait la prairie.

— Non, madame.

— Oh ! mais, c'est un tort. On a de là un très-bel horizon. Il faut voir cela. Pendant qu'on attellera, Marguerite va vous y conduire ; n'est-ce pas Marguerite ?

— Moi, ma mère ? Je n'y suis allée qu'une fois, et il y a longtemps... Au reste, je trouverai bien. Venez, monsieur, et préparez-vous à une rude escalade.

Nous nous mîmes aussitôt, Mlle Marguerite et moi, à gravir un sentier très-raide qui serpentait sur le flanc de la montagne, en perçant çà et là un bouquet de bois. La jeune fille s'arrêtait de temps à autre dans son ascension légère et rapide, pour regarder si je la suivais, et, un peu haletante de sa course, elle me souriait sans parler. Arrivé sur la lande nue qui formait le plateau, j'aperçus à quelque distance une église de village dont le petit clocher dessinait sur le ciel ses vives arêtes. — C'est là, me dit ma jeune conductrice en accélérant le pas. — Derrière l'église était un cimetière enclos de murs. Elle en ouvrit la porte, et se dirigea péniblement, a travers les hautes herbes et les ronces traînantes qui encombraient le champ de repos, vers une espèce de perron en forme d'hémicycle qui en occupe l'extrémité. Deux ou trois degrés disjoints par le temps et ornés assez singulièrement de sphères massives conduisent sur une étroite plateforme elevée au niveau du mur ; une croix en granit se dresse au centre de l'hémicycle.

Mlle Marguerite n'eut pas plutôt atteint la plateforme, et jeté un regard dans l'espace qui s'ouvrait alors devant elle, que je la vis placer obliquement sa main au-dessus de ses yeux, comme si elle éprouvait un subit éblouissement. Je me hâtai de la rejoindre. — Ce beau jour approchant de sa fin, éclairait de ses dernières splendeurs une scène vaste, bizarre et sublime, que je n'oublierai jamais. En face de nous, et à une immense profondeur au-dessous du plateau, s'étendait à perte de vue une sorte de marécage parsemé de plaques lumineuses, et qui offrait l'aspect d'une terre à peine abandonnée par le reflux d'un déluge. Cette large baie s'avançait jusque sous nos pieds au sein des montagnes échancrées. Sur les bancs de sable et de vase qui séparaient les lagunes intermittentes, une végétation confuse de roseaux et d'herbes marines se teignait de mille nuances, également sombres et pourtant distinctes, qui contrastaient avec la surface éclatante des eaux. A chacun de ses pas rapides vers l'horizon, le soleil illuminait ou plongeait dans l'ombre quelques-uns des nombreux lacs qui marquetaient le golfe à demi desséché : il semblait puiser tour à tour dans son écrin céleste les plus précieuses matières, l'argent, l'or, le rubis, le diamant, pour les faire étinceler sur chaque point de cette plaine magnifique. Quand l'astre toucha le terme de sa carrière, une bande vaporeuse et ondée qui bordait au loin la limite extrême des marécages s'empourpra soudain d'une lueur d'incendie, et garda un moment la transparence irradiée d'un nuage que sillonne la foudre. J'étais

tout entier à la contemplation de ce tableau vraiment empreint de la grandeur divine, et que traversait, comme un
rayon de plus, le souvenir de César, quand une voix basse
et comme oppressée murmura près de moi : — Mon Dieu!
que c'est beau !

J'étais loin d'attendre de ma jeune compagne cette effusion sympathique. Je me retournai vers elle avec l'empressement d'une surprise qui ne diminua point quand l'altéra-
tion de ses traits et le léger tremblement de ses lèvres
m'eurent attesté la sincérité profonde de son admiration.

— Vous avouez que c'est beau ? lui dis-je.

Elle secoua la tête ; mais au même instant deux larmes
se détachaient lentement de ses grands yeux : elle les
sentit couler sur ses joues, fit un geste de dépit ; puis, se
jetant tout à coup sur la croix de granit, dont la base lui
servait de piédestal, elle l'embrassa de ses deux mains,
appuya fortement sa tête contre la pierre, et je l'entendis
sangloter convulsivement.

Je ne crus devoir troubler par aucune parole le cours
de cette émotion soudaine, et je m'éloignai de quelques
pas avec respect. Après un moment, la voyant relever
le front et replacer d'une main distraite ses cheveux
dénoués, je me rapprochai.

— Que je suis honteuse ! murmura-t-elle.

— Soyez heureuse plutôt, et renoncez, croyez-moi, à
dessécher en vous la source de ces larmes ; elle est sacrée.
D'ailleurs vous n'y parviendrez jamais.

— Il le faut ! s'écria le jeune fille avec une sorte de
violence. Au reste, c'est fait ! Cet accès n'a été qu'une
surprise... Tout ce qui est beau et tout ce qui est aimable... je veux le haïr, — je le hais !

— Et pourquoi ? grand Dieu !

Elle me regarda en face, et ajouta avec un geste de fierté et de douleur indicibles : — Parce que je suis belle, et que je ne puis être aimée !

Alors, comme un torrent longtemps contenu qui rompt enfin ses digues, elle continua avec un entraînement extraordinaire : — C'est vrai pourtant ! — Et elle posait la main sur sa poitrine palpitante. — Dieu avait mis dans ce cœur tous les trésors que je raille, que je blasphème à chaque heure du jour ! Mais quand il m'a infligé la *inflicts* richesse, ah ! il m'a retiré d'une main ce qu'il me prodiguait de l'autre ! A quoi bon ma beauté, à quoi bon le dévouement, la tendresse, l'enthousiasme, dont je me sens consumée ! Ah ! ce n'est pas à ces charmes que s'adressent les hommages dont tant de lâches m'importunent ! Je le devine, — je le sais, — je le sais trop ! Et si jamais quelque âme désintéressée, généreuse, héroïque, m'aimait pour ce que je suis, non pour ce que je vaux... je ne le saurais pas... je ne le croirais pas ! La défiance toujours ! voilà ma peine, — mon supplice ! Aussi cela est résolu... je n'aimerai jamais ! Jamais je ne risquerai de répandre dans un cœur vil, indigne, vénal, la pure passion qui brûle mon cœur. Mon âme mourra vierge dans mon sein !... Eh bien ! j'y suis résignée ; mais tout ce qui est beau, tout ce qui fait rêver, tout ce qui me parle des cieux défendus, tout ce qui agite en moi ces flammes inutiles, — je l'écarte, je le hais, je n'en veux pas ! — Elle s'arrêta, tremblante d'émotion ; puis, d'une voix plus basse : — Monsieur, reprit-elle, je n'ai pas cherché ce moment,... je n'ai pas calculé mes paroles,... je ne vous avais pas destiné toute cette confiance ; mais enfin j'ai parlé, vous savez tout,... et si jamais j'ai pu blesser votre sensibilité, maintenant je crois que vous me pardonnez.

Elle me tendit sa main. Quand ma lèvre se posa sur cette main tiède et encore humide de larmes, il me sembla qu'une langueur mortelle descendait dans mes veines. Pour Marguerite, elle détourna la tête, attacha un regard sur l'horizon assombri, puis, descendant lentement les degrés : — Partons, dit-elle.

Un chemin plus long, mais plus facile que la rampe escarpée de la montagne, nous ramena dans la cour de la ferme, sans qu'un seul mot eût été prononcé entre nous. Hélas! qu'aurais-je dit? Plus qu'un autre j'étais suspect. Je sentais que chaque parole échappée de mon cœur trop rempli n'eût fait qu'élargir encore la distance qui me sépare de cette âme ombrageuse — et adorable!

La nuit déjà tombée dérobait aux yeux les traces de notre émotion commune. Nous partîmes. Mme Laroque, après nous avoir encore exprimé le contentement qu'elle emportait de cette journée, se mit à y rêver. Mlle Marguerite, invisible et immobile dans l'ombre épaisse de la voiture, paraissait endormie comme sa mère; mais quand un détour de la route laissait tomber sur elle un rayon de pâle clarté, ses yeux ouverts et fixes témoignaient qu'elle veillait silencieusement en tête à tête avec son inconsolable pensée. Pour moi, je puis à peine dire que je pensais : une étrange sensation, mêlée d'une joie profonde et d'une profonde amertume, m'avait envahi tout entier, et je m'y abandonnais comme on s'abandonne quelquefois à un songe dont on a conscience et dont on n'a pas la force de secouer le charme.

Nous arrivâmes vers minuit. Je descendis de voiture

à l'entrée de l'avenue pour gagner mon logis par le plus court chemin à travers le parc. Comme je m'engageais dans une allée obscure, un faible bruit de pas et de voix rapprochés frappa mon oreille, et je distinguai vaguement deux ombres dans les ténèbres. L'heure était assez avancée pour justifier la précaution que je pris de demeurer caché dans l'épaisseur du massif, et d'observer ces rôdeurs nocturnes. Ils passèrent lentement devant moi : je reconnus Mlle Hélouin appuyée sur le bras de M. de Bévallan. Au même instant, le roulement de la voiture leur donna l'alarme, et après un serrement de main ils se séparèrent à la hâte, Mlle Hélouin, s'esquivant dans la direction du château, et l'autre du côté des bois.

Rentré chez moi, et encore préoccupé de cette rencontre, je me demandai avec colère si je laisserais M. de Bévallan poursuivre librement ses amours en partie double. Les divers incidents de cette soirée, se rapprochant dans mon esprit, achevaient de me prouver à quel point extrême cet homme était indigne de la main et du cœur qu'il osait convoiter. Cette union serait monstrueuse. Et cependant je compris vite que je ne pouvais user, pour en rompre le dessein, des armes que le hasard venait de me livrer. La meilleure fin ne saurait justifier des moyens bas, et il n'est pas de délation honorable. Ce mariage s'accomplira donc ! Le ciel souffrira cette profanation ! — Hélas ! il en souffre tant d'autres !

Puis je cherchai à concevoir par quel égarement de fausse raison cette jeune fille avait choisi cet homme entre tous. Je crus le deviner. M. de Bévallan est fort riche : il doit apporter ici une fortune à peu près égale à celle qu'il y trouve, cela paraît être une sorte de garantie ;

il pourrait se passer de ce surcroît de richesse : on le présume plus désintéréssé parce qu'il est moins besoigneux.
Triste argument ! méprise énorme que de mesurer sur le
degré de la fortune le degré de vénalité des caractères !
les trois quarts du temps, l'avidité s'enfle avec l'opulence,
— et les plus mendiants ne sont pas les plus pauvres !

N'y avait-il cependant aucune apparence que Mlle
Marguerite pût d'elle-même ouvrir les yeux sur l'indignité
de son choix, et trouver dans quelque inspiration secrète
de son propre cœur le conseil qu'il m'était défendu de lui
suggérer ? Ne pouvait-il s'élever tout à coup dans ce cœur
un sentiment nouveau, inattendu, qui vînt souffler sur
les vaines résolutions de la raison et les mettre à néant ?
Ce sentiment même n'était-il pas né déjà, et n'en avais-je
pas recueilli des témoignages irrecusables ? Tant de ca-
prices bizarres, d'hésitations, de combats et de larmes dont
j'avais été depuis quelque temps l'objet ou le témoin,
dénonçaient sans doute une raison chancelante et peu
maîtresse d'elle-même. Je n'étais pas enfin assez neuf
dans la vie pour ignorer qu'une scène comme celle dont
le hasard m'avait rendu dans cette soirée même le confident et presque le complice, — si peu préméditée qu'elle
puisse être, — n'éclate point dans une atmosphère d'indifférence. De telles émotions, de tels ébranlements suppo-
sent deux âmes déjà troublées par un orage commun, ou
qui vont l'être.

Mais s'il était vrai, si elle m'aimait, comme il était trop
certain que je l'aimais, je pouvais dire de cet amour ce
qu'elle disait de sa beauté : "A quoi bon !" car je ne pouvais espérer qu'il eût jamais assez de force pour triompher
de la défiance éternelle qui est le travers et la vertu de

cette noble fille, défiance dont mon caractère, j'ose le dire, repousse l'outrage, mais que ma situation, plus que celle de tout autre, est faite pour inspirer. Entre ces terribles ombrages et la réserve plus grande qu'ils me commandent, quel miracle pourrait combler l'abîme ?

Et enfin, ce miracle, même intervenant, daignât-elle m'offrir cette main pour laquelle je donnerais ma vie, mais que je ne demanderais jamais, notre union serait-elle heureuse ? Ne devrais-je pas craindre tôt ou tard dans cette imagination inquiète quelque sourd réveil d'une défiance mal étouffée ? Pourrais-je me défendre moi-même de toute arrière-pensée pénible au sein d'une richesse empruntée ? Pourrais-je jouir sans malaise d'un amour entaché d'un bienfait ? Notre rôle de protection vis-à-vis des femmes nous est si formellement imposé par tous les sentiments d'honneur, qu'il ne peut être interverti un seul instant, même en toute probité, sans qu'il se répande sur nous je ne sais quelle ombre douteuse et suspecte. A la vérité, la richesse n'est pas un tel avantage qu'il ne puisse trouver en ce monde aucune espèce de compensation, et je suppose qu'un homme qui apporte à sa femme, en échange de quelques sacs d'or, un nom qu'il a illustré, un mérite éminent, une grande situation, un avenir, ne doit pas être écrasé de gratitude ; mais, moi, j'ai les mains vides, je n'ai pas plus d'avenir que de présent ; de tous les avantages que le monde apprécie, je n'en ai qu'un seul : mon titre, et je serais très-résolu à ne le point porter, afin qu'on ne pût dire qu'il est le prix d'un marché. Bref, je recevrais tout et ne donnerais rien : un roi peut épouser une bergère, cela est généreux et charmant, et on l'en félicite à bon droit ; mais un berger qui se laisserait

épouser par une reine, cela n'aurait pas tout à fait aussi
bonne figure.

J'ai passé la nuit à rouler toutes ces choses dans mon
pauvre cerveau, et à chercher une conclusion que je
cherche encore. Peut-être devrais-je sans retard quitter
cette maison et ce pays. La sagesse le voudrait. Tout
ceci ne peut bien finir. Que de mortels chagrins on
s'épargnerait souvent par une seule minute de courage et
de décision ! Je devrais du moins être accablé de tristesse, jamais je n'en eus si belle occasion. Eh bien ! je ne
puis !... Au fond de mon esprit bouleversé et torturé, il
y a une pensée qui domine tout, et qui me remplit d'une
allégresse surhumaine. Mon âme est légère comme un
oiseau du ciel. Je revois sans cesse, je verrai toujours ce
petit cimetière, cette mer lointaine, cet immense horizon,
et sur ce radieux sommet cet ange de beauté baigné de
pleurs divins ! Je sens encore sa main sous ma lèvre ; je
sens ses larmes dans mes yeux, dans mon cœur ! Je
l'aime ! Eh bien ! demain, s'il le faut, je prendrai une
résolution... Jusque-là, pour Dieu ! qu'on me laisse en
repos. Depuis longtemps, je n'abuse pas du bonheur...
Cet amour, j'en mourrai peut-être : je veux en vivre en
paix tout un jour !

26 août.

Ce jour, ce jour unique que j'implorais, ne m'a pas été
donné. Ma courte faiblesse n'a pas attendu longtemps
l'expiation, qui sera longue. Comment l'avais-je oublié ?
Dans l'ordre moral, comme dans l'autre, il y a des lois

que nous ne transgressons jamais impunément, et dont
les effets certains forment en ce monde l'intervention per-
manente de ce qu'on nomme la Providence. Un homme
faible et grand, écrivant d'une main presque folle l'évan-
gile d'un sage, disait de ces passions mêmes qui firent sa
misère, son opprobre et son génie: "Toutes sont bonnes,
quand on en reste le maître ; toutes sont mauvaises, quand
on s'y laisse assujettir. Ce qui nous est défendu par la
nature, c'est d'étendre nos attachements plus loin que nos
forces ; ce qui nous est défendu par la raison, c'est de
vouloir ce que nous ne pouvons obtenir ; ce qui nous est
défendu par la conscience n'est pas d'être tentés, mais de
nous laisser vaincre aux tentations. Il ne dépend pas de
nous d'avoir ou de n'avoir pas de passions ; il dépend de
nous de régner sur elles. Tous les sentiments que nous
dominons sont légitimes ; tous ceux qui nous dominent
sont criminels... N'attache ton cœur qu'à la beauté qui
ne périt point ; que ta condition borne tes désirs ; que
tes devoirs aillent avant tes passions ; étends la loi de la
nécessité aux choses morales ; apprends à perdre ce qui
peut t'être enlevé ; apprends à tout quitter quand la vertu
l'ordonne!" Oui, telle est la loi ; je la connaissais ; je l'ai
violée ; je suis puni. Rien de plus juste.

J'avais à peine posé le pied sur le nuage de ce fol
amour, que j'en étais précipité violemment, et j'ai à peine
recouvré, après cinq jours, le courage nécessaire pour retracer les circonstances presque ridicules de ma chute. —
Mme Laroque et sa fille étaient parties dès le matin pour
aller faire une visite nouvelle à Mme de Saint-Cast et
ramener ensuite Mme Aubry. Je trouvai Mlle Hélouin
seule au château. Je lui apportais un trimestre de sa

pension : car, bien que mes fonctions me laissent en général tout à fait étranger à la tenue et à la discipline intérieures de la maison, ces dames ont désiré, par égard sans doute pour Mlle Caroline comme pour moi, que ses appointements et les miens fussent payés exceptionnellement de ma main. La jeune demoiselle se tenait dans le petit boudoir qui est contigu au salon. Elle me reçut avec une douceur pensive qui me toucha. J'éprouvais moi-même en ce moment cette plénitude de cœur qui dispose à la confiance et à la bonté. Je résolus, en vrai don Quichotte, de tendre une main secourable à cette pauvre isolée. — Mademoiselle, lui dis-je tout à coup, vous m'avez retiré votre amitié, mais la mienne vous est restée tout entière ; me permettez-vous de vous en donner une preuve ?

Elle me regarda, et murmura un oui timide.

— Eh bien ! ma pauvre enfant, vous aventurez très-gravement votre réputation et votre repos. Je vous supplie d'y réfléchir, et je vous supplie en même temps d'être bien assuré que personne autre que vous n'entendra jamais un mot de ma bouche sur ce sujet.

J'allais me retirer : elle s'affaissa sur ses genoux près d'un canapé, et éclata en sanglots, le front appuyé sur ma main, qu'elle avait saisie. J'avais vu couler, il y avait peu de temps, des larmes plus belles et plus dignes ; cependant j'étais ému. — Voyons, ma chère demoiselle, lui dis-je... Il n'est pas trop tard, n'est-ce pas ? — Elle secoua la tête avec force. — Eh bien ! ma chère enfant, prenez courage. Nous vous sauverons, allez. Que puis-je faire pour vous, voyons ? Y a-t-il entre les mains de cet homme quelque gage, quelque lettre que je puisse lui redemander de votre part ? Disposez de moi comme d'un frère.

Elle quitta ma main avec colère. — Ah ! que vous êtes dur ! dit-elle. Vous parlez de me sauver,... c'est vous qui me perdez ! Après avoir feint de m'aimer, vous m'avez repoussée,... vous m'avez humiliée, désespérée.... Vous êtes la cause unique de ce qui arrive !

— Mademoiselle, vous n'êtes pas juste : je n'ai jamais feint de vous aimer ; j'ai eu pour vous une affection très-sincère, que j'ai encore. J'avoue que votre beauté, votre esprit, vos talents, vous donnent parfaitement le droit d'attendre de ceux qui vivent près de vous quelque chose de plus qu'une fraternelle amitié ; mais ma situation dans le monde, les devoirs de famille qui me sont imposés, ne me permettaient pas de dépasser cette mesure vis-à-vis de vous sans manquer à toute probité. Je vous dis franchement que je vous trouve charmante, et je vous assure qu'en tenant mes sentiments pour vous dans la limite que la loyauté me commandait, je n'ai pas été sans mérite. Je ne vois rien là de fort humiliant pour vous : ce qui pourrait à plus juste titre vous humilier, mademoiselle, ce serait de vous voir aimée très-résolûment par un homme très-résolu à ne pas vous épouser.

Elle me jeta un mauvais regard. — Qu'en savez-vous ? dit-elle. Tous les hommes ne sont pas des coureurs de fortunes !

— Ah ! est-ce que vous seriez une méchante petite personne, mademoiselle Hélouin ? lui dis-je avec beaucoup de calme. Cela étant, j'ai l'honneur de vous saluer.

— Monsieur Maxime ! s'écria-t-elle en se précipitant tout à coup pour m'arrêter. Pardonnez-moi ! ayez pitié

de moi! Hélas! comprenez-moi, je suis si malheureuse!
Figurez-vous donc ce que peut être la pensée d'une
pauvre créature comme moi, à qui on a eu la cruauté de
donner un cœur, une âme, une intelligence,... et qui ne
peut user de tout cela que pour souffrir... et pour haïr!
Quelle est ma vie? quel est mon avenir? Ma vie, c'est
le sentiment de ma pauvreté, exalté sans cesse par tous
les raffinements du luxe qui m'entoure! Mon avenir, ce
sera de regretter, de pleurer un jour amèrement cette vie
même — cette vie d'esclave toute odieuse qu'elle est!...
Vous parlez de ma jeunesse, de mon esprit, de mes
talents... Ah! je voudrais n'avoir jamais eu d'autre talent
que de casser des pierres sur les routes! Je serais plus
heureuse!... Mes talents, j'aurai passé le meilleur temps
de ma vie à en parer une autre femme, pour qu'elle soit
plus belle, plus adorée et plus insolente encore!... Et
quand le plus pur de mon sang aura passé dans les veines
de cette poupée, elle s'en ira au bras d'un heureux époux
prendre sa part des plus belles fêtes de la vie, tandis que
moi, seule, vieille, abandonnée, j'irai mourir dans quelque
coin avec une pension de femme de chambre... Qu'est-ce
que j'ai fait au ciel pour mériter cette destinée-là, voyons?
Pourquoi moi plutôt que ces femmes? Est-ce que je ne
les vaux pas? Si je suis si mauvaise, c'est que le malheur
m'a ulcérée, c'est que l'injustice m'a noirci l'âme... J'étais
née comme elles, — plus qu'elles peut-être, — pour être
bonne, aimante, charitable... Eh! mon Dieu, les bienfaits
coûtent peu quand on est riche, et la bienveillance est
facile aux heureux! si j'étais à leur place, et elles à la
mienne, elles me haïraient, — comme je les hais! — On
n'aime pas ses maîtres!... Ah! cela est horrible, ce que je

vous dis, n'est-ce pas? Je le sais bien, et c'est ce qui
m'achève... Je sens mon abjection, j'en rougis,... et je la
garde! Hélas! vous allez me mépriser maintenant plus
que jamais, monsieur,... vous que j'aurais tant aimé si
vous l'aviez souffert! vous qui pouviez me rendre tout ce
que j'ai perdu, l'espérance, la paix, la bonté, l'estime de
moi-même!... Ah! il y a eu un moment où je me suis
cru sauvée,... où j'ai eu pour la première fois une pensée
de bonheur, d'avenir, de fierté... Malheureuse!... — Elle
s'était emparée de mes deux mains; elle y plongea sa
tête, au milieu de ses longues boucles flottantes, et pleura
follement.

— Ma chère enfant, lui dis-je, je comprends mieux que
personne les ennuis, les amertumes de votre condition;
mais permettez-moi de vous dire que vous y ajoutez
beaucoup en nourrissant dans votre cœur les tristes sentiments que vous venez de m'exprimer. Tout ceci est fort
laid, je ne vous le cache pas, et vous finirez par mériter
toute la rigueur de votre destinée; mais, voyons, votre
imagination vous exagère singulièrement cette rigueur.
Quant à présent, vous êtes traitée ici, quoi que vous en
disiez, sur le pied d'une amie, et dans l'avenir je ne
vois rien qui empêche que vous ne sortiez de cette
maison, vous aussi, au bras d'un heureux époux. Pour
moi, je vous serai toute ma vie reconnaissant de votre
affection; mais, je veux vous le dire encore une fois
pour en finir à jamais avec ce sujet, j'ai des devoirs
auxquels j'appartiens, et je ne veux ni ne puis me
marier.

Elle me regarda tout à coup. — Même avec Marguerite?
dit-elle.

— Je ne vois pas ce que le nom de Mlle Marguerite
vient faire ici.

Elle repoussa d'une main ses cheveux, qui inondaient
son visage, et tendant l'autre vers moi par un geste de
menace : — Vous l'aimez ! dit-elle d'une voix sourde, ou
plutôt vous aimez sa dot ; mais vous ne l'aurez pas !

— Mademoiselle Hélouin !

— Ah ! reprit-elle, vous êtes passablement enfant si
vous avez cru abuser une femme qui avait la folie de vous
aimer ! Je lis clairement dans vos manœuvres, allez !
D'ailleurs je sais qui vous êtes... Je n'étais pas loin quand
Mlle de Porhoët a transmis à Mme Laroque votre politique confidence...

— Comment ! vous écoutez aux portes, mademoiselle ?

— Je me soucie peu de vos outrages... D'ailleurs je me
vengerai, et bientôt... Ah ! vous êtes assurément fort
habile, monsieur de Champcey ! et je vous fais mon compliment... Vous avez joué à merveille le petit rôle de
désintéressement et de réserve que votre ami Laubépin
n'a pas manqué de vous recommander en vous envoyant
ici... Il savait à qui vous aviez affaire... Il connaissait
assez la ridicule manie de cette fille ! Vous croyez déjà
tenir votre proie, n'est-ce pas ? De beaux millions, dont
la source est plus ou moins pure, dit-on, mais qui seraient
fort propres toutefois à recrépir un marquisat et à redorer
un écusson... Eh bien ! vous pouvez dès ce moment y
renoncer,... car je vous jure que vous ne garderez pas
votre masque un jour de plus, et voici la main qui vous
l'arrachera !

— Mademoiselle Hélouin, il est grandement temps de
mettre fin à cette scène, car nous touchons au mélodrame.

Vous m'avez fait beau jeu pour vous prévenir sur le terrain de la délation et de la calomnie ; mais vous pouvez y
descendre en pleine sécurité, car je vous donne ma parole
que je ne vous y suivrai pas. Là-dessus, je suis votre
serviteur.

Je quittai cette infortunée avec un profond sentiment
de dégoût, mais aussi de pitié. Quoique j'eusse toujours
soupçonné que l'organisation la mieux douée dût être, en
proportion même de ses dons, irritée et faussée dans la
situation équivoque et mortifiante qu'occupe ici Mlle Hélouin, mon imagination n'avait pu plonger jusqu'au fond
de l'abîme plein de fiel qui venait de s'ouvrir sous mes
yeux. Certes, — quand on y songe, — on ne peut guère
concevoir un genre d'existence qui soumette une âme
humaine à de plus venimeuses tentations, qui soit plus
capable de développer et d'aiguiser dans le cœur les
convoitises de l'envie, de soulever à chaque instant les
révoltes de l'orgueil, d'exaspérer toutes les vanités et
toutes les jalousies naturelles de la femme. Il n'y a pas
à douter que le plus grand nombre des malheureuses
filles que leur dénûment et leurs talents ont vouées a cet
emploi, si honorable en soi, n'échappent par la modéra-
tion de leurs sentiments, ou, avec l'aide de Dieu, par la
fermeté de leurs principes, aux agitations déplorables dont
Mlle Hélouin n'avait pas su se garantir ; mais l'epreuve
est redoutable. Quant à moi, la pensée m'était venue
quelquefois que ma sœur pouvait être destinée par nos
malheurs à entrer dans quelque riche famille en qualité
d'institutrice : je fis serment alors, quelque avenir qui
nous fût réservé, de partager plutôt avec Hélène dans la
plus pauvre mansarde le pain le plus amer du travail que

de la laisser jamais s'asseoir au festin empoisonné de cette opulente et haineuse servilité.

Cependent, si j'avais la ferme détermination de laisser le champ libre à Mlle Hélouin, et de n'entrer, à aucun prix, de ma personne, dans les récriminations d'une lutte dégradante, je ne pouvais envisager sans inquiétude les conséquences probables de la guerre déloyale qui venait de m'être déclarée. J'étais évidemment menacé dans tout ce que j'ai de plus sensible, dans mon amour et dans mon honneur. Maîtresse du secret de ma vie et du secret de mon cœur, mêlant avec l'habileté perfide de son sexe la vérité au mensonge, Mlle Hélouin pouvait aisément présenter ma conduite sous un jour suspect, tourner contre moi jusqu'aux précautions, jusqu'aux scrupules de ma délicatesse, et prêter à mes plus simples allures la couleur d'une intrigue préméditée. Il m'était impossible de savoir avec précision quel tour elle donnerait à sa malveillance; mais je me fiais à elle pour être assuré qu'elle ne se tromperait pas sur le choix des moyens. Elle connaissait mieux que personne les points faibles des imaginations qu'elle voulait frapper. Elle possédait sur l'esprit de Mlle Marguerite et sur celui de sa mère l'empire naturel de la dissimulation sur la franchise, de l'astuce sur la candeur; elle jouissait auprès d'elles de toute la confiance qui naît d'une longue habitude et d'une intimité quotidienne, et ses maîtres, pour employer son langage, n'avaient garde de soupçonner, sous les dehors d'enjouement gracieux et d'obséquieuse prévenance dont elle s'enveloppe avec un art consommé, la frénésie d'orgueil et d'ingratitude qui ronge cette âme misérable. Il était trop vraisemblable qu'une main aussi sûre et aussi savante verserait ses poisons avec plein succès dans des cœurs ainsi préparés. A la vérité Mlle Hélouin pouvait craindre, en cédant à son ressentiment, de replacer la main de Mlle Marguerite dans celle de M. de Bévallan et de hâter un hymen qui serait la ruine de sa propre ambition ; mais je savais que la haine d'une femme ne calcule rien, et qu'elle hasarde tout. Je m'attendais donc, de la part de celle-ci, à la plus prompte comme à la plus aveugle des vengeances, et j'avais raison.

Je passai dans une pénible anxiété les heures que j'avais vouées à de plus douces pensées. Tout ce que la dépendance peut avoir de plus poignant pour une âme fière, le soupçon de plus amer pour une conscience droite, le mépris de plus navrant pour un cœur qui aime, je le sentis. L'adversité, dans mes plus mauvais jours, ne m'avait jamais servi une coupe mieux remplie. J'essayai cependant de travailler comme de coutume. Vers cinq heures, je me rendis au château. Ces dames étaient rentrées dans l'après-midi. Je trouvai dans le salon Mlle Marguerite, Mme Aubry et M. de Bévallan, avec deux ou trois hôtes de passage. Mlle Marguerite parut ne pas s'apercevoir de ma présence : elle continua de s'entretenir avec M. de Bévallan sur un ton d'animation qui n'était pas ordinaire. Il était question d'un bal improvisé qui devait avoir lieu le soir même dans un château voisin. Elle devait s'y rendre avec sa mère, et elle pressait M. de Bévallan de les y accompagner : celui-ci s'en excusait, en alléguant qu'il était parti de chez lui le matin avant d'avoir reçu l'invitation, et que sa toilette n'était pas convenable. Mlle Marguerite, insistant avec une coquetterie affectueuse et empressée dont son interlocuteur lui-même

semblait surpris, lui dit qu'il avait certainement encore le
temps de retourner chez lui, de s'habiller et de revenir
les prendre. On lui garderait un bon petit dîner. M. de
Bévallan objecta que tous ses chevaux de voiture étaient
sur la litière, et qu'il ne pouvait revenir à cheval en toilette de bal : — Eh bien! reprit Mlle Marguerite, on va
vous conduire dans l'américaine. — En même temps elle
dirigea pour la première fois ses yeux sur moi, et me
couvrant d'un regard où je vis éclater la foudre : — Monsieur Odiot, dit-elle d'une voix de bref commandement,
allez dire qu'on attelle!

Cet ordre servile était si peu dans la mesure de ceux
qu'on a coutume de m'adresser ici, et qu'on peut me croire
disposé à subir, que l'attention et la curiosité des plus
indifférents en furent aussitôt éveillées. Il se fit un
silence embarrassé : M. de Bévallan jeta un coup d'œil
étonné sur Mlle Marguerite, puis il me regarda, prit un
air grave et se leva. Si l'on s'attendait à quelque folle
inspiration de colère, il y eut déception. Certes les in-
sultantes paroles qui venaient de tomber sur moi d'une
bouche si belle, si aimée, — et si barbare, — avaient fait
pénétrer le froid de la mort jusqu'aux sources profondes de
ma vie, et je doute qu'une lame d'acier, se frayant passage
à travers mon cœur, m'eût causé une pire sensation; mais
jamais je ne fus si calme. Le timbre dont se sert habituellement Mme Laroque pour appeler ses gens était sur
une table à ma portée : j'y appuyai le doigt. Un domestique entra presque aussitôt. — Je crois, lui dis-je, que
Mlle Marguerite a des ordres à vous donner. — Sur ces
mots qu'elle avait écoutés avec une sorte de stupeur, la
jeune fille fit violemment de la tête un signe négatif et

congédia le domestique. J'avais grande hâte de sortir de ce salon, où j'étouffais; mais je ne pus me retirer devant l'attitude provocante qu'affectait alors M. de Bévallan.

— Ma foi! murmura-t-il, voilà quelque chose d'assez particulier!

Je feignis de ne pas l'entendre. Mlle Marguerite lui dit deux mots brusques à voix basse. — Je m'incline, mademoiselle, reprit-il alors d'un ton plus élevé; qu'il me soit permis seulement d'exprimer le regret sincère que j'éprouve de n'avoir pas le droit d'intervenir ici.

Je me levai aussitôt. — Monsieur de Bévallan, dis-je en me plaçant à deux pas de lui, ce regret est tout à fait superflu, car si je n'ai pas cru devoir obéir aux ordres de mademoiselle, je suis entièrement aux vôtres,... et je vais les attendre.

— Fort bien, fort bien, monsieur; rien de mieux, répliqua M. de Bévallan en agitant la main avec grâce pour rassurer les femmes.

Nous nous saluâmes, et je sortis.

Je dînai solitairement dans ma tour, servi, suivant l'usage, par le pauvre Alain, que les rumeurs de l'antichambre avaient sans doute instruit de ce qui s'était passé, car il ne cessa d'attacher sur moi des regards lamentables, poussant par intervalles de profonds soupirs et observant, contre sa coutume, un silence morne. Seulement, sur ma demande, il m'apprit que ces dames avaient décidé qu'elles n'iraient pas au bal ce soir-là.

Mon bref repas terminé, je mis un peu d'ordre dans mes papiers et j'écrivis deux mots à M. Laubépin. A toutes prévisions, je lui recommandais Hélène. L'idée de

l'abandon où je la laisserais en cas de malheur me navrait
le cœur, sans ébranler le moins du monde mes immuables
principes. Je puis m'abuser, mais j'ai toujours pensé que
l'honneur, dans notre vie moderne, domine toute la hiérarchie des devoirs. Il supplée aujourd'hui à tant de
vertus à demi effacées dans les consciences, à tant de
croyances à demi mortes, il joue, dans l'état de notre
société, un rôle tellement tutélaire, qu'il n'entrera jamais
dans mon esprit d'en affaiblir les droits, d'en discuter les
arrêts, d'en subordonner les obligations. L'honneur, dans
son caractère indéfini, est quelque chose de supérieur à la
loi et à la morale : on ne le raisonne pas, on le sent. C'est
une religion. Si nous n'avons plus la folie de la croix,
gardons la folie de l'honneur !

Au surplus, il n'y a pas de sentiment profondément
entré dans l'âme humaine qui ne soit, si l'on y pense,
sanctionné par la raison. Mieux vaut, à tout risque, une
fille ou une femme seule au monde que protégée par un
frère ou par un mari déshonoré.

J'attendais d'un instant à l'autre un message de M. de
Bévallan. Je m'apprêtais à me rendre chez le precepteur
du bourg, qui est un jeune officier blessé en Crimée, et à
réclamer son assistance, quand on heurta à ma porte. Ce
fut M. de Bévallan lui-même qui entra. Son visage ex-
primait, avec une faible nuance d'embarras, une sorte de
bonhomie ouverte et joyeuse.

— Monsieur, me dit-il pendant que je le considérais
avec une assez vive surprise, voilà une démarche un peu
irrégulière ; mais, ma foi ! j'ai des états de service qui
mettent, Dieu merci, mon courage à l'abri du soupçon.
D'autre part, j'ai lieu d'éprouver ce soir un contentement

qui ne laisse aucune place chez moi à l'hostilité ou à la
rancune. Enfin j'obéis à des ordres qui doivent m'être
plus sacrés que jamais. Bref, je viens vous tendre la
main.

Je le saluai avec gravité, et je pris sa main.

— Maintenant, ajouta-t-il en s'asseyant, me voilà fort à
l'aise pour m'acquitter de mon ambassade. Mlle Marguerite vous a tantôt, monsieur, dans un moment de distraction, donné quelques instructions qui assurément n'étaient
pas de votre ressort. Votre susceptibilité s'en est émue
très-justement, nous le reconnaissons, et ces dames m'ont
chargé de vous faire accepter leurs regrets. Elles seraient
désespérées que ce malentendu d'un instant les privât de
vos bons offices, dont elles apprécient toute la valeur, et
rompît des relations auxquelles elles attachent un prix
infini. Pour moi, monsieur, j'ai acquis ce soir, à ma grande
joie, le droit de joindre mes instances à celles de ces
dames: les vœux que je formais depuis longtemps viennent
d'être agréés, et je vous serai personnellement obligé de
ne pas mêler à tous les souvenirs heureux de cette soirée
celui d'une séparation qui serait à la fois préjudiciable et
douloureuse à la famille dans laquelle j'ai l'honneur
d'entrer.

— Monsieur, lui dis-je, je ne puis qu'être très-sensible
aux témoignages que vous voulez bien me rendre au nom
de ces dames et au vôtre. Vous me pardonnerez de n'y
pas répondre immédiatement par une détermination for-
melle qui demanderait plus de liberté d'esprit que je n'en
puis avoir encore.

— Vous me permettrez au moins, dit M. de Bévallan,
d'emporter une bonne espérance... Voyons, monsieur,

puisque l'occasion s'en présente, rompons donc à jamais
l'ombre de glace qui a pu exister entre nous deux jusqu'ici.
Pour mon compte, j'y suis très-disposé. D'abord Mme
Laroque, sans se dénantir d'un secret qui ne lui appartient pas, ne m'a point laissé ignorer que les circonstances
les plus honorables pour vous se cachent sous l'espèce de
mystère dont vous vous entourez. Ensuite je vous dois
une reconnaissance particulière : je sais que vous avez été
consulté récemment au sujet de mes prétentions à la
main de Mlle Laroque, et que j'ai eu à me louer de votre
appréciation.

— Mon Dieu, monsieur, je ne pense pas avoir mérité...

— Oh! je sais, reprit-il en riant, que vous n'avez pas
abondé follement dans mon sens; mais enfin vous ne ne
m'avez pas nui. J'avoue même que vous avez fait preuve
d'une sagacité réelle. Vous avez dit que si Mlle Marguerite ne devait pas être absolument heureuse avec moi, elle
ne serait pas non plus malheureuse. Eh bien, le prophète
Daniel n'aurait pas mieux dit. La vérité est que la chère
enfant ne serait absolument heureuse avec personne,
puisqu'elle ne trouverait pas dans le monde entier un
mari qui lui parlât en vers du matin au soir... Il n'y en a
pas! Je ne suis pas plus qu'un autre de ce calibre-là, j'en
conviens; mais, — comme vous m'avez fait encore l'honneur de le dire, — je suis un galant homme. Véritablement, quand nous nous connaîtrons mieux, vous n'en
douterez pas. Je ne suis pas un méchant diable; je suis
un bon garçon... Mon Dieu! j'ai des défauts,... j'en ai eu
surtout! J'ai aimé les jolies femmes,... ça, je ne peux pas
le nier! Mais quoi! c'est la preuve qu'on a un bon cœur.
D'ailleurs me voilà au port,... et même j'en suis ravi,

parce que, — entre nous, — je commençais à me roussir
un peu. Bref, je ne veux plus penser qu'à ma femme et
à mes enfants. D'où je conclus avec vous que Marguerite
sera parfaitement heureuse, c'est-à-dire autant qu'elle peut
l'être en ce monde avec une tête comme la sienne : car
enfin je serai charmant pour elle, je ne lui refuserai rien,
j'irai même au-devant de tous ses désirs. Mais si elle me
demande la lune et les étoiles, je ne peux pas aller les
décrocher pour lui être agréable !... ça, c'est impossible !...
Là-dessus, mon cher ami, votre main encore une fois !

Je la lui donnai. Il se leva. — Là, j'espère que vous
nous resterez maintenant... Voyons, éclaircissez-moi un
peu ce front-là... Nous vous ferons la vie aussi douce que
possible, mais il faut vous y prêter un peu, que diable !...
Vous vous complaisez dans votre tristesse... Vous vivez,
passez-moi le mot, comme un vrai hibou. Vous êtes une
sorte d'Espagnol comme on n'en voit pas !... Secouez-moi
donc ça ! Vous êtes jeune, beau garçon, vous avez de
l'esprit et des talents ; profitez un peu de toutes ces
choses... Voyons, pourquoi ne feriez-vous pas un doigt
de cour à la petite Hélouin ? Cela vous amuserait... Elle
est très-gentille, et elle irait très-bien... Mais diantre, j'oublie un peu ma promotion aux grandes dignités, moi...
Allons ! adieu, Maxime, et à demain, n'est-ce pas ?...

— A demain certainement.

Et ce galant homme, — qui est, lui, une sorte d'Espagnol comme on en voit beaucoup, — m'abandonna à mes
réflexions.

1er octobre.

Un singulier événement! — Quoique les conséquences
n'en soient pas jusqu'ici des plus heureuses, il m'a fait du
bien. Après le rude coup qui m'avait frappé, j'étais demeuré comme engourdi de douleur. Ceci m'a rendu au
moins le sentiment de la vie, et pour la première fois
depuis trois longues semaines j'ai le courage d'ouvrir ces
feuilles et de reprendre la plume.

Toutes satisfactions m'étant données, je pensai que je
n'avais plus aucune raison de quitter, brusquement du
moins, une position et des avantages qui me sont après
tout nécessaires, et dont j'aurais grand'peine à trouver
l'équivalent du jour au lendemain. La perspective des souffrances tout à fait personnelles qui me restaient à affron-
ter, et que je m'étais d'ailleurs attirées par ma faiblesse,
ne pouvait m'autoriser à fuir des devoirs où mes intérêts
ne sont pas seuls engagés. En outre, je n'entendais pas
que Mlle Marguerite pût interpréter ma subite retraite
par le dépit d'une belle partie perdue, et je me faisais un
point d'honneur de lui montrer jusqu'au pied de l'autel un
front impassible ; quant au cœur, elle ne le verrait pas. —
Bref, je me contentai d'écrire à M. Laubépin que certains
côtés de ma situation pouvaient d'un instant à l'autre me
devenir intolérables, et que j'ambitionnais avidement
quelque emploi moins rétribué et plus indépendant.

Dès le lendemain, je me présentai au château, où M. de
Bévallan m'accueillit avec cordialité. Je saluai ces dames
avec tout le naturel dont je pus disposer. Il n'y eut, bien
entendu, aucune explication. Mme Laroque me parut

émue et pensive, Mlle Marguerite encore un peu vibrante,
mais polie.   Quant à Mlle Hélouin, elle était fort pâle, et
tenait les yeux baissés sur sa broderie.   La pauvre fille
n'avait pas à se féliciter extrêmement du résultat final de
sa diplomatie.   Elle essayait bien de temps en temps de
lancer au triomphant M. de Bévallan un regard chargé
de dédain et de menace; mais dans cette atmosphère
orageuse, qui eût passablement inquiété un novice, M. de
Bévallan respirait, circulait et voltigeait avec la plus parfaite aisance. Cet aplomb souverain irritait manifestement
Mlle Hélouin; mais en même temps il la domptait. Toutefois, si elle n'eût risqué que de se perdre avec son complice,
je ne doute pas qu'elle ne lui eût rendu immédiatement,
et avec plus de raison, un service analogue à celui dont
elle m'avait gratifié la veille; mais il était probable qu'en
cédant à sa jalouse colère et en confessant son ingrate
duplicité, elle se perdrait seule, et elle avait toute l'intelligence nécessaire pour le comprendre.   M. de Bévallan
en effet n'était pas homme à s'être avancé vis-à-vis d'elle
sans se réserver une garde sévère dont il userait avec un
sang-froid impitoyable.   Mlle Hélouin pouvait se dire à
la vérité qu'on avait ajouté foi la veille, sur sa seule parole, à des dénonciations autrement mensongères; mais
elle n'était pas sans savoir qu'un mensonge qui flatte ou
qui blesse le cœur trouve plus facilement créance qu'une
vérité indifférente. Elle se résignait donc, non sans éprouver amèrement, je suppose, que l'arme de la trahison
tourne quelquefois dans la main qui s'en sert.

Pendant ce jour et ceux qui le suivirent, je fus soumis
à un genre de supplice que j'avais prévu, mais dont je
n'avais pu calculer tous les poignants détails.   Le mariage

était fixé à un mois de là. On en dut faire sans retard et
à la hâte tous les préparatifs. Les bouquets de Mme
Prévost arrivèrent régulièrement chaque matin. Les
dentelles, les étoffes, les bijoux affluèrent ensuite, et furent étalés chaque soir dans le salon sous les yeux des
amies affairées et jalouses. Il fallut donner sur tout cela
mes avis et mes conseils. Mlle Marguerite les sollicitait
avec une sorte d'affectation cruelle. J'obéissais de bonne
grâce; puis je rentrais dans ma tour, je prenais dans un
tiroir secret le petit mouchoir déchiré que j'avais sauvé
au péril de ma vie, et j'en essuyais mes yeux. Lâcheté
encore! mais qu'y faire? Je l'aime! La perfidie, l'inimitié,
des malentendus irréparables, sa fierté et la mienne, nous
séparent à jamais: soit! mais rien n'empêchera ce cœur
de vivre et de mourir plein d'elle!

Quant à M. de Bévallan, je ne me sentais pas de haine
contre lui: il n'en mérite pas. C'est une âme vulgaire,
mais inoffensive. Je pouvais, Dieu merci, sans hypocrisie
recevoir les démonstrations de sa banale bienveillance, et
mettre avec tranquillité ma main dans la sienne; mais si
sa personnalité fruste échappait à ma haine, je n'en res-
sentais pas moins avec une angoisse profonde, déchirante,
combien cet homme était indigne de la créature choisie
qu'il posséderait bientôt, — qu'il ne connaîtrait jamais.
Dire le flot de pensées amères, de sensations sans nom
que soulevait en moi, — qu'y soulève encore — l'image
prochaine de cette odieuse mésalliance, je ne le pourrais
ni ne l'oserais. L'amour véritable a quelque chose de
sacré qui imprime un caractère plus qu'humain aux douleurs comme aux joies qu'il nous donne. Il y a dans la
femme qu'on aime je ne sais quelle divinité dont il semble

qu'on ait seul le secret, qui n'appartient qu'à vous, et dont
une main étrangère ne peut toucher le voile sans vous
faire éprouver un horreur qui ne ressemble à aucune
autre, — un frisson de sacrilége. Ce n'est pas seulement
un bien précieux qu'on vous ravit, c'est un autel qu'on
profane en vous, un mystère qu'on viole, un dieu qu'on
outrage. Voilà la jalousie! Du moins c'est la mienne.
Très-sincèrement, il me semblait que moi seul au monde
j'avais des yeux, une intelligence, un cœur capables de
voir, de comprendre et d'adorer dans toutes ses perfections la beauté de cet ange, qu'avec tout autre elle serait
comme égarée et perdue, qu'elle m'était destinée à moi
seul corps et âme de toute éternité! J'avais cet orgueil
immense, assez expié par une immense douleur.

Cependant un démon railleur murmurait à mon oreille
que, suivant toutes les prévisions de l'humaine sagesse,
Marguerite trouverait plus de paix et de bonheur réel
dans l'amitié tempérée du mari raisonnable qu'elle n'en
eût rencontré dans la belle passion de l'époux romanesque.
Est-ce donc vrai? est-ce donc possible? Moi, je ne le
crois pas! — Elle aura la paix, soit; mais la paix, après
tout, n'est pas le dernier mot de la vie, le symbole suprême du bonheur. S'il suffisait de ne pas souffrir et de
se pétrifier le cœur pour être heureux, trop de gens le
seraient qui ne le méritent pas. A force de raison et de
prose, on finit par diffamer Dieu et dégrader son œuvre.
Dieu donne la paix aux morts, la passion aux vivants!
Oui, il y a dans la vie, à côté de la vulgarité des intérêts
courants et quotidiens à laquelle je n'ai pas l'enfantillage
de prétendre échapper, il y a une poésie permise, — que
dis-je? — commandée! C'est la part de l'âme douée

11

d'immortalité. Il faut que cette âme se sente et se révèle quelquefois, fût-ce par des transports au delà du réel, par des aspirations au delà du possible, fût-ce par des orages ou par des larmes. Oui, il y a une souffrance qui vaut mieux que le bonheur, ou plutôt qui est le bonheur même, celle d'une créature vivante qui connaît tous les troubles du cœur et toutes les chimères de la pensée, et qui partage ces nobles tourments avec un cœur égal et une pensée fraternelle! Voilà le roman que chacun a le droit, et, pour dire tout, le devoir de mettre dans sa vie, s'il a le titre d'homme et s'il le veut justifier.

Au surplus, cette paix même tant vantée, la pauvre enfant ne l'aura pas. Que le mariage de deux cœurs inertes et de deux imaginations glacées engendre le repos du néant, je le veux bien; mais l'union de la vie et de la mort ne peut se soutenir sans une contrainte horrible et de perpétuels déchirements.

Au milieu de ces misères intimes dont chaque jour redoublait l'intensité, je ne trouvais un peu de secours qu'auprès de ma pauvre et vieille amie Mlle de Porhoët. Elle ignorait ou feignait d'ignorer l'état de mon cœur; mais, dans des allusions voilées, peut-être involontaires, elle posait légèrement sur mes plaies saignantes la main délicate et ingénieuse d'une femme. Il y a d'ailleurs dans cette âme, vivant emblème du sacrifice et de la résignation, et qui déjà semble flotter au-dessus de la terre, un détachement, un calme, une douce fermeté qui se répandaient sur moi. J'en arrivais à comprendre son innocente folie, et même à m'y associer avec une sorte de naïveté. Penché sur mon album, je me cloîtrais avec elle pendant de longues heures dans sa cathédrale, et j'y respirais un moment les vagues parfums d'une idéale sérénité.

J'allais encore chercher presque chaque jour dans le logis de la vieille demoiselle un autre genre de distraction. Il n'y a point de travail auquel l'habitude ne prête quelque charme. Pour ne pas laisser soupçonner à Mlle de Porhoët la perte définitive de son procès, je poursuivais régulièrement l'exploration de ses archives de famille. Je découvrais par intervalles dans ce fouillis — des traditions, des légendes, des traits de mœurs qui éveillaient ma curiosité, et qui transportaient un moment mon imagination dans les temps passés, loin de l'accablante réalité. Mlle de Porhoët, dont ma persévérance entretenait les illusions, m'en témoignait une gratitude que je méritais peu, car j'avais fini par prendre à cette étude, désormais sans utilité positive, un intérêt qui me payait de mes peines, et qui faisait à mes chagrins une diversion salutaire.

Cependant, à mesure que le terme fatal approchait, Mlle Marguerite perdait la vivacité fébrile dont elle avait paru animée depuis le jour où le mariage avait été définitivement arrêté. Elle retombait, du moins par instants, dans son attitude autrefois familière d'indolence passive et de sombre rêverie. Je surpris même une ou deux fois ses regards attachés sur moi avec une sorte de perplexité extraordinaire. Mme Laroque de son côté me regardait souvent avec un air d'inquiétude et d'indécision, comme si elle eût désiré et redouté en même temps d'aborder avec moi quelque pénible sujet d'entretien. Avant-hier le hasard fit que je me trouvai seul avec elle dans le salon, Mlle Hélouin étant sortie brusquement pour donner un ordre. La conversation indifférente dans laquelle nous

étions engagés cessa aussitôt comme par un accord secret;
après un court silence : — Monsieur, me dit Mme Laroque
d'un accent pénétré, vous placez bien mal vos confidences !

— Mes confidences, madame ! Je ne puis vous comprendre. A part Mlle de Porhoët, personne ici n'a reçu
de moi l'ombre d'une confidence.

— Hélas ! reprit-elle, je veux le croire,... je le crois;...
mais ce n'est pas assez !...

Au même instant, Mlle Hélonin rentra, et tout fut
dit.

Le lendemain, — c'était hier, — j'étais parti à cheval dès
le matin pour surveiller quelques coupes de bois dans les
environs. Vers quatre heures du soir, je revenais dans la
direction du château, quand, à un brusque détour du
chemin, je me trouvai subitement face à face avec Mlle
Marguerite. Elle était seule. Je me disposais à passer
en la saluant; mais elle arrêta son cheval. — Un beau jour
d'automne, monsieur, me dit-elle.

— Oui, mademoiselle. Vous vous promenez ?

— Comme vous voyez. J'use de mes derniers moments
d'indépendance, et même j'en abuse, car je me sens un
peu embarrassée de ma solitude... Mais Alain était nécessaire là-bas... Mon pauvre Mervyn est boiteux... Vous
ne voulez pas le remplacer, par hasard ?

— Avec plaisir. Où allez-vous ?

— Mais... j'avais presque l'idée de pousser jusqu'à la
tour d'Elven. — Elle me désignait du bout de sa cravache
un sommet brumeux qui s'élevait a droite de la route. —
Je crois, ajouta-t-elle, que vous n'avez jamais fait ce
pèlerinage.

— C'est vrai. Il m'a souvent tenté, mais je l'ai ajourné jusqu'ici, je ne sais pourquoi.

— Eh bien! cela se trouve parfaitement; mais il est déjà tard, il faut nous hâter un peu, s'il vous plaît.

Je tournai bride, et nous partîmes au galop.

Pendant que nous courions, je cherchais à me rendre compte de cette fantaisie inattendue, qui ne laissait pas de paraître un peu préméditée. Je supposai que le temps et la réflexion avaient pu atténuer dans l'esprit de Mlle Marguerite l'impression première des calomnies dont on l'avait troublé. Apparemment elle avait fini par concevoir quelques doutes sur la véracité de Mlle Hélouin, et elle s'était entendue avec le hasard pour m'offrir, sous une forme déguisée, une sorte de réparation qui pouvait m'être due.

Au milieu des préoccupations qui m'assiégeaient alors, j'attachais une faible importance au but particulier que nous nous proposions dans cette étrange promenade. Cependant j'avais souvent entendu citer autour de moi cette tour d'Elven comme une des ruines les plus intéressantes du pays, et jamais je n'avais parcouru une des deux routes qui, de Rennes ou de Jocelyn, se dirigent vers la mer, sans contempler d'un œil avide cette masse indécise qu'on voit pointer au milieu des landes lointaines comme une énorme pierre levée; mais le temps et l'occasion m'avaient manqué.

Le village d'Elven, que nous traversâmes en ralentissant un peu notre allure, donne une représentation vraiment saisissante de ce que pouvait être un bourg du moyen âge. La forme des maisons basses et sombres n'a pas changé depuis cinq ou six siècles. On croit rêver

quand on voit, à travers les larges baies cintrées et sans
châssis qui tiennent lieu de fenêtres, ces groupes de
femmes à l'œil sauvage, au costume sculptural, qui filent
leur quenouille dans l'ombre, et s'entretiennent à voix
basse dans une langue inconnue. Il semble que tous ces
spectres grisâtres viennent de quitter leurs dalles tumu-
laires pour exécuter entre eux quelque scène d'un autre
âge dont vous êtes le seul témoin vivant. Cela cause une
sorte d'oppression. Le peu de vie qui se communique autour de vous dans l'unique rue du bourg porte le même
caractère d'archaïsme et d'étrangeté fidèlement retenu
d'un monde évanoui.

A peu de distance d'Elven, nous prîmes un chemin de
traverse qui nous conduisit sur le sommet d'une colline
aride. De là nous aperçûmes distinctement, quoique à
une assez grande distance encore, le colosse féodal domi-
nant en face de nous une hauteur boisée. La lande où
nous nous trouvions s'abaissait par une pente assez raide
vers des prairies marécageuses encadrées dans d'épais
taillis. Nous en descendîmes le revers, et nous fûmes
bientôt engagés dans les bois. Nous suivions alors une
étroite chaussée dont le pavé disjoint et raboteux a dû
résonner sous le pied des chevaux bardés de fer. J'avais
cessé depuis longtemps de voir la tour d'Elven, dont je
ne pouvais même plus conjecturer l'emplacement, quand
elle se dégagea soudain de la feuillée, et se dressa à deux
pas de nous avec la soudaineté d'une apparition. Cette
tour n'est point ruinée : elle conserve aujourd'hui toute
sa hauteur primitive, qui dépasse cent pieds, et les assises
régulières de granit qui en composent le magnifique appareil octogonal lui donnent l'aspect d'un bloc formidable

taillé d'hier par le plus pur ciseau. Rien de plus imposant, de plus fier et de plus sombre que ce vieux donjon impassible au milieu des temps et isolé dans l'épaisseur de ces bois. Des arbres ont poussé de toute leur taille dans les douves profondes qui l'environnent, et leur faîte touche à peine l'ouverture des fenêtres les plus basses. Cette végétation gigantesque, dans laquelle se perd confusément la base de l'édifice, achève de lui prêter une couleur de fantastique mystère. Dans cette solitude, au milieu de ces forêts, en face de cette masse d'architecture bizarre qui surgit tout à coup, il est impossible de ne pas songer à ces tours enchantées où de belles princesses dorment un sommeil séculaire.

—Jusqu'à ce jour, me dit Mlle Marguerite, à qui j'essayais de communiquer cette impression, voici tout ce que j'en ai vu; mais, si vous tenez à réveiller la princesse, nous pouvons entrer. Autant que je le puis savoir, il y a toujours dans ces environs un berger ou une bergère qui est muni — ou munie — de la clef. Attachons nos chevaux là, et mettons-nous à la recherche, vous du berger, et moi de la bergère.

Les chevaux furent parqués dans un petit enclos voisin de la ruine, et nous nous séparâmes un moment, Mlle Marguerite et moi, pour faire une sorte de battue dans les environs. Nous eûmes le regret de ne rencontrer ni berger ni bergère. Notre désir de visiter l'intérieur de la tour s'accrut alors naturellement de tout l'attrait du fruit défendu, et nous franchîmes à l'aventure un pont jeté sur les fossés. A notre vive satisfaction, la porte massive du donjon n'était point fermée: nous n'eûmes qu'à la pousser pour pénétrer dans un réduit étroit, obscur

et encombré de débris, qui pouvait autrefois tenir lieu de
corps de garde; de là nous passâmes dans une vaste salle
à peu près circulaire, dont la cheminée montre encore sur
son écusson les besans de la croisade; une large fenêtre, ouverte en face de nous, et que traverse la croix symbolique
nettement découpée dans la pierre, éclairait pleinement
la région inférieure de cette enceinte, tandis que l'œil se
perdait dans l'ombre incertaine des hautes voûtes effon-
drées. Au bruit de nos pas, une troupe d'oiseaux invisibles
s'envola de cette obscurité, et secoua sur nos têtes la
poussière des siècles. En montant sur les bancs de granit
qui sont disposés de chaque côté du mur en forme de
gradins, dans l'embrasure de la fenêtre, nous pûmes jeter
un coup d'œil au dehors sur la profondeur des fossés et
sur les parties ruinées de la forteresse; mais nous avions
remarqué dès notre entrée les premiers degrés d'un
escalier pratiqué dans l'épaisseur de la muraille, et nous
éprouvions une hâte enfantine de pousser plus avant nos
découvertes. Nous entreprîmes l'ascension : j'ouvris la
marche, et Mlle Marguerite me suivit bravement, se tirant
de ses longues jupes comme elle pouvait. Du haut de la
plate-forme, la vue est immense et délicieuse. Les douces
teintes du crépuscule estompaient en ce moment même
l'océan de feuillage à demi doré par l'automne, les sombres
marais, les pelouses verdoyantes, les horizons aux pentes
entrecroisées, qui se mêlaient et se succédaient sous nos
yeux jusqu'à l'extrême lointain. En face de ce paysage
gracieux, triste et infini, nous sentions la paix de la solitude, le silence du soir, la mélancolie des temps passés,
descendre à la fois, comme un charme puissance, dans nos
esprits et dans nos cœurs. Cette heure de contemplation

commune, d'émotions partagées, de profonde et pure
volupté, était sans doute la dernière qu'il dût m'être
donné de vivre près d'elle et avec elle, et je m'y attachais
avec une violence de sensibilité presque douloureuse.
Pour Marguerite, je ne sais ce qui passait en elle : elle
s'était assise sur le rebord du parapet, elle regardait au
loin, et se taisait. Je n'entendais que le souffle un peu
précipité de son haleine.

Je ne pourrais dire combien d'instants s'écoulèrent
ainsi. Quand les vapeurs s'épaissirent au-dessus des
prairies basses et que les derniers horizons commencèrent
à s'effacer dans l'ombre croissante, Marguerite se leva. —
Allons, dit-elle à demi-voix, et comme si un rideau fût
tombé sur quelque spectacle regretté, c'est fini ! — Puis
elle commença à descendre l'escalier, et je la suivis.

Quand nous voulûmes sortir du donjon, grande fut
notre surprise d'en trouver la porte fermée. Apparemment le jeune gardien, ignorant notre présence, avait
tourné la clef pendant que nous étions sur la plate-forme.
Notre première impression fut celle de la gaieté. La tour
était définitivement une tour enchantée. Je fis quelques
efforts vigoureux pour rompre l'enchantement ; mais le
pène énorme de la vieille serrure était solidement arrêté
dans le granit, et je dus renoncer à le dégager. Je tournai
alors mes attaques contre la porte elle-même ; mais les
gonds massifs et les panneaux de chêne plaqués de fer
m'opposèrent la résistance la plus invincible. Deux ou
trois moellons que je pris dans les décombres et que je
lançai contre l'obstacle ne parvinrent qu'à ébranler la
voûte et à en détacher quelques fragments qui vinrent
tomber à nos pieds. Mlle Marguerite ne voulut pas me

laisser poursuivre une entreprise évidemment sans espoir,
et qui n'était pas sans danger. Je courus alors à la fenêtre,
et je poussai quelques cris d'appel auxquels personne ne
répondit. Durant une dizaine de minutes, je les renou-
velai d'instant en instant avec le même insuccès. En
même temps nous profitions à la hâte des dernières lueurs
du jour pour explorer minutieusement tout l'intérieur du
donjon ; mais, à part cette porte, qui était comme murée
pour nous, et la grande fenêtre qu'un abîme de près de
trente pieds séparait du fond des fossés, nous ne pûmes
découvrir aucune issue.

Cependant la nuit achevait de tomber sur la campagne,
et les ténèbres avaient envahi la vieille tour. Quelques
reflets de lune pénétraient seulement dans la retrait de
la fenêtre et blanchissaient obliquement la pierre des
gradins. Mlle Marguerite, qui avait perdu peu à peu
toute apparence d'enjouement, cessa même de répondre
aux conjectures plus ou moins vraisemblables par lesquelles j'essayais de tromper encore ses inquiétudes.
Pendant qu'elle se tenait dans l'ombre, silencieuse et immobile, j'étais assis en pleine clarté sur le degré le plus
rapproché de la fenêtre : de là je tenais encore par intervalles un appel de détresse ; mais, pour être vrai, à mesure
que la réussite de mes efforts devenait plus incertaine, je
me sentais gagner par un sentiment d'allégresse irrésistible. Je voyais en effet se réaliser pour moi tout à coup
le rêve le plus éternel et le plus impossible des amants :
j'étais enfermé au fond d'un désert et dans la plus étroite
solitude avec la femme que j'aimais ! Pour de longues
heures, il n'y avait plus qu'elle et moi au monde, que sa
vie et la mienne ! Je songeais à tous les témoignages de

douce protection, de tendre respect que j'allais avoir le droit, le devoir de lui prodiguer; je me représentais ses terreurs calmées, sa confiance, son sommeil : je me disais avec un ravissement profond que cette nuit fortunée, si elle ne pouvait me donner l'amour de cette chère créature, allait du moins m'assurer pour jamais sa plus inébranlable estime.

Comme je m'abandonnais avec tout l'egoïsme de la passion à ma secrète extase, dont quelque reflet peut-être se peignait sur mon visage, je fus réveillé tout à coup par ces paroles qui m'étaient adressées d'une voix sourde et sur un ton de tranquillité affectée : — Monsieur le marquis de Champcey, y a-t-il eu beaucoup de lâches dans votre famille avant vous?

Je me soulevai, et je retombai aussitôt sur le banc de pierre, attachant un regard stupide sur les ténèbres où j'entrevoyais vaguement le fantôme de la jeune fille. Une seule idée me vint, une idée terrible, c'était que la peur et le chagrin lui troublaient le cerveau, — qu'elle devenait folle.

— Marguerite! m'écriai-je, sans savoir même que je parlais. — Ce mot acheva sans doute de l'irriter.

— Mon Dieu! que c'est odieux! reprit-elle. Que c'est lâche! oui, je le répète, lâche!

La vérité commençait à luire dans mon esprit. Je descendis un des degrés. — Eh bien! qu'est-ce qu'il y a donc? dis-je froidement.

— C'est vous, répliqua-t-elle avec une brusque véhémence, c'est vous qui avez payé cet homme, — ou cet enfant, — je ne sais, pour nous emprisonner dans cette misérable tour! Demain je serai perdue,... déshonorée

dans l'opinion,... et je ne pourrai plus appartenir qu'à
vous... Voilà votre calcul, n'est-ce pas? Mais celui-là,
je vous l'atteste, ne vous réussira pas mieux que les autres.
Vous me connaissez encore bien imparfaitement, si vous
croyez que je ne préférerai pas le déshonneur, le cloître,
la mort, tout, à l'abjection de lier ma main, — ma vie à la
vôtre! Et quand cette ruse infâme vous eût réussi, quand
j'aurais eu la faiblesse, — que certes je n'aurai pas, — de
vous donner ma personne, — et, ce qui vous importe davantage, ma fortune, — en échange de ce beau trait de
politique, — quelle espèce d'homme êtes-vous donc? voyons, de quelle fange êtes-vous fait, pour vouloir d'une
richesse et d'une femme acquises à ce prix-là? Ah! re-
merciez-moi encore, monsieur, de ne pas céder à vos vœux.
Vos vœux sont imprudents, croyez-moi; car si jamais la
honte et la risée publique me jetaient dans vos bras,
j'aurais tant de mépris pour vous que j'en écraserais votre
cœur! Oui, fût-il aussi dur, aussi glacé que ces pierres,
j'en tirerais du sang,... j'en ferais sortir des larmes!

— Mademoiselle, dis-je avec tout le calme que je pus
trouver, je vous supplie de revenir à vous, à la raison. Je
vous atteste sur l'honneur que vous me faites outrage.
Veuillez y réfléchir. Vos soupçons ne reposent sur aucune vraisemblance. Je n'ai pu préparer en aucune façon
la perfidie dont vous m'accusez, et quand je l'aurais pu
enfin, comment vous ai-je jamais donné le droit de m'en
croire capable?

— Tout ce que je sais de vous me donne ce droit,
s'écria-t-elle en coupant l'air de sa cravache. Il faut bien
que je vous dise une fois ce que j'ai dans l'âme depuis
trop longtemps. Qu'êtes-vous venu faire dans notre

maison, sous un nom, sous un caractère empruntés? Nous
étions heureuses, nous étions tranquilles, ma mère et
moi... Vous nous avez apporté un trouble, un dèsordre,
des chagrins que nous ne connaissions pas.   Pour atteindre votre but, pour réparer les brèches de votre fortune,
vous avez usurpé notre confiance,... vous avez fait litière
de notre repos,... vous avez joué avec nos sentiments les
plus purs, les plus vrais, les plus sacrés,... vous avez
froissé et brisé nos cœurs sans pitié.   Voilà ce que vous
avez fait,... ou voulu faire, peu importe! Eh bien! je suis
profondément lasse et ulcérée de tout cela, je vous le dis!
Et quand à cette heure vous venez m'offrir en gage votre
honneur de gentilhomme, qui vous a permis déja tant de
choses indignes, certes j'ai le droit de n'y pas croire, — et
je n'y crois pas!

J'étais hors de moi; je saisis ses deux mains dans un
transport de violence qui la domina: — Marguerite! ma
pauvre enfant,... écoutez bien! Je vous aime, cela est
vrai, et jamais amour plus ardent, plus désintéressé, plus
saint n'entra dans le cœur d'un homme!... Mais vous
aussi, vous m'aimez... Vous m'aimez, malheureuse! et
vous me tuez!... Vous parlez de cœur froissé et brisé...
Ah! que faites-vous donc du mien!... Mais il vous appartient, je vous l'abandonne... Quant à mon honneur, je le
garde,... il est entier!... et avant peu je vous forcerai
bien de le reconnaître... Et sur cet honneur je vous
fais serment que si je meurs, vous me pleurerez,
que si je vis, jamais, — tout adorée que vous êtes,
— fussiez-vous à deux genoux devant moi, — jamais
je ne vous épouserai, que vous ne soyez aussi pauvre
que moi, ou moi aussi riche que vous! Et maintenant

priez, priez : demandez à Dieu des miracles, il en est
temps !

Je la repoussai alors brusquement loin de l'embrasure,
et je m'élançai sur les gradins supérieurs : j'avais conçu
un projet désespéré que j'exécutai aussitôt avec la précipitation d'une démence véritable. Ainsi que je l'ai dit,
la cime des hêtres et des chênes qui poussent dans les
fossés de la tour s'élevait au niveau de la fenêtre. A l'aide
de ma cravache ployée, j'attirai à moi l'extrémité des
branches les plus proches, je les embrassai au hasard, et
je me laissai aller dans le vide. J'entendis au-dessus de
ma tête mon nom : Maxime ! proféré soudain avec un cri
déchirant. — Les branches auxquelles je m'étais attaché se
courbèrent de toute leur longueur vers l'abîme ; puis il y
eut un craquement sinistre, elles éclatèrent sous mon
poids, et je tombai rudement sur le sol.

Je pense que la nature fangeuse du terrain amortit la
violence du choc, car je me sentis vivant, quoique blessé.
Un de mes bras avait porté sur le talus maçonné de la
douve, et j'y éprouvai un douleur tellement aiguë que le
cœur me défaillit ! J'eus un court étourdissement. J'en
fus réveillé par la voix éperdue de Marguerite : — Maxime !
Maxime ! criait-elle, par grâce, par pitié ! au nom du bon
Dieu, parlez-moi ! pardonnez-moi !

Je me levai, et je la vis dans la baie de la fenêtre, au
milieu d'une auréole de pâle lumière, la tête nue, les cheveux tombants, la main crispée sur la barre de la croix,
les yeux ardemment fixés sur le sombre précipice.

— Ne craignez rien, lui dis-je. Je n'ai aucun mal.
Prenez seulement patience une heure ou deux. Donnez-
moi le temps d'aller jusqu'au château, c'est le plus sûr.

Soyez certaine que je vous garderai le secret, et que je sauverai votre honneur comme je viens de sauver le mien.

Je sortis péniblement des fossés et j'allai prendre mon cheval. Je me servis de mon mouchoir pour suspendre et fixer mon bras gauche, qui ne m'était plus d'aucun usage, et qui me faisait beaucoup souffrir. Grâce a la clarté de la nuit, je retrouvai aisément ma route. Une heure plus tard, j'arrivais au château. On me dit que le docteur Desmarets était dans le salon. Je me hâtai de m'y rendre, et j'y trouvai avec lui une douzaine de personnes dont la contenance accusait un état de préoccupation et d'alarme. — Docteur, dis-je gaiement en entrant, mon cheval vient d'avoir peur de son ombre, il m'a jeté bas sur la route, et je crains d'avoir le bras gauche foulé. Voulez-vous voir?

— Comment, foulé? dit M. Desmarets après qu'il eut détaché le mouchoir; mais vous avez le bras parfaitement cassé, mon pauvre garçon!

Mme Laroque poussa un faible cri et s'approcha de moi. — Mais c'est donc une soirée de malheur? dit-elle.

Je feignis la surprise. — Qu'y a-t-il encore? m'écriai-je.

— Mon Dieu! j'ai peur qu'il ne soit arrivé quelque accident à ma fille. Elle est sortie à cheval vers trois heures, il en est huit, et elle n'est pas encore rentrée!

— Mademoiselle Marguerite! mai je l'ai rencontrée...

— Comment! où? à quel moment?... Pardon, monsieur, c'est l'égoïsme d'une mère.

— Mais je l'ai rencontrée vers cinq heures sur la route. Nous nous sommes croisés. Elle m'a dit qu'elle comptait pousser sa promenade jusqu'à la tour d'Elven.

— A la tour d'Elven! Elle se sera égarée dans les bois... Il faut y aller promptement... Qu'on donne des ordres!

M. de Bévallan commanda aussitôt des chevaux. J'affectai, d'abord de vouloir me joindre à la cavalcade; mais Mme Laroque et le docteur me le défendirent énergiquement, et je me laissai persuader sans peine de gagner mon lit, dont, à dire vrai, j'avais grand besoin. M. Desmarets, après avoir appliqué un premier pansement sur mon bras blessé, monta en voiture avec Mme Laroque, qui allait attendre au bourg d'Elven le résultat des perquisitions que M. de Bévallan devait diriger dans les environs de la tour.

Il était dix heures environ, quand Alain vint m'annoncer que Mlle Marguerite était retrouvée. Il me conta l'histoire de son emprisonnement, sans omettre aucun détail, sauf, bien entendu, ceux que la jeune fille et moi devions seuls connaître. L'aventure me fut confirmée bientôt par le docteur, puis par Mme Laroque elle-même, qui vinrent successivement me rendre visite, et j'eus la satisfaction de voir qu'il n'était entré dans les esprits aucun soupçon.

J'ai passé toute ma nuit à renouveler avec la plus fatigante persévérance, et au milieu des bizarres complications du rêve et de la fièvre, mon saut dangereux du haut de la fenêtre du donjon. Je ne m'y habituais pas. A chaque instant, la sensation du vide me montait à la gorge, et je me réveillais tout haletant. Enfin le jour est arrivé, et m'a calmé. Dès huit heures, j'ai vu entrer Mlle de Porhoët, qui s'est installée près de mon chevet, son tricot à la main. Elle a fait les honneurs de ma chambre aux visiteurs qui se sont succédé tout le jour; Mme Laroque est venue la première après ma vieille amie. Comme elle serrait avec une pression prolongée la main que je lui tendais, j'ai vu deux larmes glisser sur ses joues. A-t-elle donc reçu les confidences de sa fille?

Mlle de Porhoët m'a appris que le vieux M. Laroque est alité depuis hier. Il a eu une légère attaque de paralysie. Aujourd'hui il ne parle plus, et son état donne des inquiétudes. On a résolu de hâter le mariage. M. Laubépin a été mandé de Paris; on l'attend demain, et le contrat sera signé le jour suivant, sous sa présidence.

J'ai pu me tenir levé ce soir pendant quelques heures; mais si j'en crois M. Desmarets, j'ai eu tort d'écrire avec ma fièvre, et je suis une grande bête.

3 octobre.

Il semble véritablement qu'une puissance maligne prenne à tâche d'inventer les épreuves les plus singulières et les plus cruelles pour les proposer tour à tour à ma conscience et à mon cœur!

M. Laubépin n'étant pas arrivé ce matin, Mme Laroque m'a fait demander quelques renseignements dont elle avait besoin pour arrêter les bases préalables du contrat, lequel, ainsi que je l'ai dit, doit être signé demain. Comme je suis condamné à garder ma chambre quelques jours encore, j'ai prié Mme Laroque de m'envoyer les titres et les documents particuliers qui sont en la possession de son beau-père, et qui m'étaient indispensables pour

résoudre les difficultés qu'on me signalait. On m'a fait
remettre aussitôt deux ou trois tiroirs remplis de papiers
qu'on avait enlevés secrètement du cabinet de M. Laroque,
en profitant d'une heure où le vieillard était endormi, car
il s'est toujours montré très-jaloux de ses archives secrètes.
Dans la première pièce qui m'est tombée sous la main,
mon nom de famille plusieurs fois répété a brusquement
saisi mes yeux, et a sollicité ma curiosité avec une irrésistible puissance. Voici le texte littéral de cette pièce.

A MES ENFANTS.

« Le nom que je vous lègue, et que j'ai honoré, n'est
pas le mien. Mon père se nommait Savage. Il était régisseur d'une plantation considérable sise dans l'île, française alors, de Sainte-Lucie, et appartenant à une riche
et noble famille du Dauphiné, celle des Champcey d'Hauterive. En 1793, mon père mourut, et j'héritai, quoique
bien jeune encore, de la confiance que les Champcey
avaient mise en lui. Vers la fin de cette année funeste,
les Antilles française furent prises par les Anglais, ou leur
furent livrées par les colons insurgents. Le marquis de
Champcey d'Hauterive (Jacques-Auguste), que les ordres
de la convention n'avaient pas encore atteint, commandait alors la frégate *la Thétis*, qui croisait depuis trois ans
dans ces mers. Un assez grand nombre des colons fran-
çais répandus dans les Antilles étaient parvenus à réaliser
leur fortune, chaque jour menacée. Ils s'étaient entendus
avec le commandant de Champcey pour organiser une
flottille de légers transports sur laquelle ils avaient fait
passer leurs biens, et qui devait entreprendre de se

rapatrier, sous la protection des canons de *la Thétis*. Dès longtemps, en prévision de désastres imminents, j'avais reçu moi-même l'ordre et le pouvoir de vendre à tout prix la plantation que j'administrais après mon père. Dans la nuit du 14 novembre 1793, je montais seul dans un canot à la pointe du Morne-au-Sable, et je quittais furtivement Sainte-Lucie, déjà occupée par l'ennemi. J'emportais en papier anglais et en guinées le prix que j'avais pu retirer de la plantation. M. de Champcey, grâce à la connaissance minutieuse qu'il avait acquise de ces parages, avait pu tromper la croisière anglaise et se réfugier dans la passe difficile et inconnue du Gros-Ilet. Il m'avait ordonné de l'y rallier cette nuit même, et il n'attendait que mon arrivée à bord pour sortir de cette passe avec la flottille qu'il escortait, et mettre le cap sur France. Dans le trajet, j'eus le malheur de tomber aux mains des Anglais. Ces maîtres en trahison me donnèrent le choix d'être fusillé sur-le-champ, ou de leur vendre, moyennant le million dont j'étais porteur et qu'ils m'abandonnaient, le secret de la passe où s'abritait la flottille. J'étais jeune, la tentation fut trop forte; une demi-heure plus tard, *la Thétis* était coulée, la flottille prise, et M. de Champcey grièvement blessé. Une année se passa, une année sans sommeil. Je devenais fou. Je résolus de faire payer à l'Anglais maudit les remords qui me déchiraient. Je passai à la Guadeloupe, je changeai de nom, je consacrai la plus grande partie du prix de mon forfait à l'achat d'un brick armé, et je courus sus aux Anglais. J'ai lavé pendant quinze ans dans leur sang et dans le mien la tache que j'avais faite, dans une heure de faiblesse, au pavillon de mon pays. Bien que ma fortune actuelle ait été acquise, pour plus des trois quarts, dans de glorieux combats, l'origine n'en reste pas moins ce que j'ai dit.

"Revenu en France dans ma vieillesse, je m'informai de la situation des Champcey d'Hauterive : elle était heureuse et opulente. Je continuai de me taire. Que mes enfants me pardonnent ! Je n'ai pu trouver le courage, tant que j'ai vécu, de rougir devant eux ; mais ma mort doit leur livrer ce secret, dont ils useront suivant les inspirations de leur conscience. Pour moi, je n'ai qu'une prière à leur adresser : il y aura tôt ou tard une guerre finale entre la France et sa voisine d'en face ; nous nous haïssons trop : on aura beau faire, il faudra que nous les mangions ou qu'ils nous mangent ! Si cette guerre éclatait du vivant de mes enfants ou de mes petits-enfants, je désire qu'ils fassent don à l'État d'une corvette armée et équipée à la seule condition qu'elle se nommera *la Savage*, et qu'un Breton la commandera. A chaque bordée qu'elle enverra sur la rive carthaginoise, mes os tressailliront d'aise dans ma tombe !

RICHARD SAVAGE, dit LAROQUE."

Les souvenirs que réveilla soudain dans mon esprit la lecture de cette confession effroyable m'en confirmèrent l'exactitude. J'avais entendu conter vingt fois par mon père avec un mélange de fierté et d'amertume, le trait de la vie de mon aïeul auquel il était fait allusion. Seulement on croyait dans ma famille que Richard Savage, dont le nom m'était parfaitement présent, avait été la victime et non le promoteur de la trahison ou du hasard qui avait livré le commandant de *la Thétis*.

Je m'expliquai dès ce moment les singularités qui m'a-
vaient souvent frappé dans le caractère du vieux marin,
et en particulier son attitude pensive et timide vis-à-vis
de moi. Mon père m'avait toujours dit que j'étais le
vivant portrait de mon aïeul, le marquis Jacques, et sans
doute quelques lueurs de cette ressemblance pénétraient
de temps à autre, à travers les nuages de son cerveau,
jusqu'à la conscience troublée du vieillard.

A peine maître de cette révélation, je tombai dans une
horrible perplexité. Je ne pouvais, pour mon compte,
éprouver qu'une faible rancune contre cet infortuné, chez
lequel les défaillances du sens moral avaient été rachetées
par une longue vie de repentir et par une passion de
désespoir et de haine qui ne manquait point de grandeur.
Je ne pouvais même respirer sans une sorte d'admiration
le souffle sauvage qui animait encore les lignes tracées
par cette main coupable, mais héroïque. Cependant que
devais-je faire de ce terrible secret? Ce qui me saisit
tout d'abord, ce fut la pensée qu'il détruisait tout obstacle
entre Marguerite et moi, que désormais cette fortune qui
nous avait séparés devait être entre nous un lien presque
obligatoire, puisque moi seul au monde je pouvais la
légitimer en la partageant. A la vérité ce secret n'était
point le mien, et quoique le plus innocent des hasards
m'en eût instruit, la stricte probité exigeait peut-être que
je le laissasse arriver à son heure entre les mains auxquelles il était destiné; mais quoi! en attendant ce moment, l'irréparable allait s'accomplir! Des nœuds indis-
solubles allaient être serrés! La pierre du tombeau allait
tomber pour jamais sur mon amour, sur mes espérances,
sur mon cœur inconsolable! Et je le souffrirais quand je

pouvais l'empêcher d'un seul mot! Et ces pauvres femmes
elles-mêmes, le jour où la fatale vérité viendrait rougir
leurs fronts, partageraient peut-être mes regrets, mon
désespoir! Elles me crieraient les premières : — Ah! si
vous la saviez, que n'avez-vous parlé!

Eh bien! non! ni aujourd'hui, ni demain, ni jamais, s'il
ne tient qu'à moi, la honte ne rougira pas ces deux nobles
fronts. Je n'achèterai point mon bonheur au prix de leur
humiliation. Ce secret qui n'appartient qu'à moi, que ce
vieillard, muet désormais pour toujours, ne peut plus
trahir lui-même, ce secret n'est plus : la flamme l'a dévoré.

J'y ai bien pensé. Je sais ce que j'ai osé faire. C'était
là un testament, un acte sacré, et je l'ai détruit. De plus
il ne devait pas profiter à moi seul. Ma sœur, qui m'est
confiée, y pouvait trouver une fortune, et sans son avis
je l'ai replongée de ma main dans la pauvreté. Je sais
tout cela; mais deux âmes pures, élevées et fières ne
seront pas écrasées et flétries sous le fardeau d'un crime
qui leur fut étranger. Il y avait là un principe d'équité
qui m'a paru supérieur à toute justice littérale. Si j'ai
commis un crime à mon tour, j'en répondrai!... Mais cette
lutte m'a broyé, je n'en puis plus.

4 octobre.

M. Laubépin était enfin arrivé hier dans la soirée. Il
vint me serrer la main. Il était préoccupé, brusque et
mécontent. Il me parla brièvement du mariage qui se
préparait. — Opération fort heureuse, dit-il, combinaison

fort louable à tous égards, où la nature et la société trou-
vent à la fois les garanties qu'elles ont droit d'exiger en
pareille occurrence. Sur quoi, jeune homme, je vous
souhaite une bonne nuit, et je vais m'occuper de déblayer
le terrain délicat des conventions préliminaires, afin que
le char de cet hymen intéressant arrive au but sans
cahots.

On se réunissait dans le salon aujourd'hui à une heure
de l'après-midi, au milieu de l'appareil et du concours
accoutumés, pour procéder à la signature du contrat. Je
ne pouvais assister à cette fête, et j'ai béni ma blessure
qui m'en épargnait le supplice. J'écrivais à ma petite
Héléne, à qui je m'efforce plus que jamais de vouer mon
âme tout entière, quand, vers trois heures, M. Laubépin
et Mlle de Porhoët sont entrés dans ma chambre. M.
Laubépin, dans ses fréquents voyages à Laroque, ne pouvait manquer d'apprécier les vertus de ma vénérable amie,
et il s'est formé dès longtemps entre ces deux vieillards
un attachement platonique et respectueux dont le docteur
Desmarets s'évertue vainement à dénaturer le caractère.
Après un échange de cérémonies, de saluts et de révé-
rences interminables, ils ont pris les siéges que je leur
avançais, et tous se sont mis à me considérer avec un air
de grave béatitude. — Eh bien ! ai-je dit, c'est terminé ?

— C'est terminé ! ont-ils répondu à l'unisson.

— Cela s'est bien passé ?

— Très-bien, a dit Mlle de Porhoët.

— A merveille, a ajouté M. Laubépin. Puis après une
pause : — Le Bévallan est au diable !

— Et la jeune Hélouin sur la même route, a repris Mlle
de Porhoët.

J'ai poussé un cri de surprise : — Bon Dieu! qu'est-ce que c'est que tout cela ?

— Mon ami, a dit M. Laubépin, l'union projetée présentait tous les avantages désirables, et elle aurait assuré, à n'en point douter, le bonheur commun des conjoints, si le mariage était une association purement commerciale; mais il n'en est point ainsi. Mon devoir, lorsque mon concours a été réclamé dans cette circonstance intéressante, était donc de consulter le penchant des cœurs et la convenance des caractères, non moins que la proportion des fortunes. Or j'ai cru observer dès l'abord que l'hymen qui se préparait avait l'inconvénient de ne plaire proprement à personne, ni à mon excellente amie Mme Laroque, ni à l'aimable fiancée, ni aux amis les plus éclairés de ces dames, à personne enfin, si ce n'est peut-être au fiancé, dont je me souciais très-médiocrement. Il est vrai (je dois cette remarque à Mlle de Porhoët), il est vrai, dis-je, que le fiancé est gentilhomme...

— *Gentleman*, s'il vous plaît! a interrompu Mlle de Porhoët d'un accent sévère.

— *Gentleman*, a repris M. Laubépin, acceptant l'amendement; mais c'est une espèce de *gentleman* qui ne me va pas.

Ni à moi, a dit Mlle de Porhoët. Ce sont des drôles de cette espèce, des palefreniers sans mœurs comme celui-ci, que nous vîmes au siècle dernier, sous la conduite de M. le duc de Chartres d'alors, sortir des écuries anglaises pour préluder à la révolution.

— Oh! s'ils n'avaient fait que préluder à la révolution, dit sentencieusement M. Laubépin, on leur pardonnerait.

—Je vous demande un million d'excuses, mon cher monsieur; mais parlez pour vous! Au reste, il ne s'agit pas de cela; veuillez continuer.

—Donc, a repris M. Laubépin, voyant qu'on allait généralement à cette noce comme à un convoi mortuaire, je cherchai quelque moyen à la fois honorable et légal, sinon de rendre à M. de Bévallan sa parole, du moins de l'engager à la reprendre. Le procédé était d'autant plus licite, qu'en mon absence M. de Bévallan avait abusé de l'inexpérience de mon excellente amie Mme Laroque et de la mollesse de mon confrère du bourg voisin pour se faire assurer des avantages exorbitants. Sans m'écarter de la lettre des conventions, je réussis à en modifier sensiblement l'esprit. Toutefois l'honneur et la parole donnée m'imposaient des limites que je ne pus franchir. Le contrat, malgré tout, restait encore suffisamment avantageux pour qu'un homme doué de quelque hauteur d'âme et animé d'une véritable tendresse pour la future pût l'accepter avec confiance. M. de Bévallan serait-il cet homme? Nous dûmes en courir la chance. Je vous avoue que je n'étais pas sans émotion lorsque j'ai commencé ce matin, en face d'un imposant auditoire, la lecture de cet acte irrévocable.

—Pour moi, a interrompu Mlle de Porhoët, je n'avais plus une goutte de sang dans les veines. La première partie du contrat faisait même une part si belle à l'ennemi, que j'ai cru tout perdu.

—Sans doute, mademoiselle; mais, comme nous le disons entre augures, c'est dans la queue qu'est le venin, *in cauda venenum!* Il était plaisant, mon ami, de voir la mine de M. de Bévallan et celle de mon confrère de

Rennes qui l'assistait, lorsque je suis venu brusquement à démasquer mes batteries. Ils se sont d'abord regardés en silence, puis ils ont chuchoté entre eux, enfin ils se sont levés, et, s'approchant de la table devant laquelle je siégeais, ils m'ont demandé à voix basse des explications.

— Parlez haut, s'il vous plaît, messieurs, leur ai-je dit : il ne faut point de mystère ici. Que voulez-vous ?

Le public commençait à prêter l'oreille. M. de Bévallan, sans hausser la voix, m'a insinué que ce contrat était une œuvre de méfiance.

— Une œuvre de méfiance, monsieur ! ai-je repris du ton le plus élevé de mon organe. Que prétendez-vous dire par là ? Est-ce contre Mme Laroque, contre moi, ou contre mon confrère ici présent, que vous dirigez cette étrange imputation ?

— Chut ! silence ! point de bruit ! a dit alors le notaire de Rennes de l'accent le plus discret ; mais, voyons : il était convenu d'abord que le régime dotal serait écarté...

— Le régime dotal, monsieur ? Et où voyez-vous qu'il soit question ici du régime dotal ?

— Allons, mon confrère, vous savez bien que vous le rétablissez par un subterfuge !

— Subterfuge, mon confrère ? Permettez-moi, comme à votre ancien, de vous engager à rayer ce mot de votre vocabulaire !

— Mais enfin, a murmuré M. de Bévallan, on me lie les mains de tous côtés ; on me traite comme un petit garçon.

— Comment, monsieur ? Que faisons-nous donc ici à cette heure, selon vous ? est-ce un contrat ou un testament ?

Vous oubliez que Mme Laroque est vivante, que monsieur
son père est vivant, que vous vous mariez, monsieur, que
vous n'héritez pas,... pas encore, monsieur! un peu de
patience, que diable!

Sur ces mots, Mlle Marguerite s'est levée. — En voilà
assez, a-t-elle dit. M. Laubépin, jetez ce contrat au feu.
Ma mère, faites rendre à monsieur ses présents. — Puis
elle est sortie d'un pas de reine outragée. Mme Laroque
l'a suivie. En même temps je lançais le contrat dans la
cheminée.

— Monsieur, m'a dit alors M. de Bévallan d'un ton
menaçant, il y a là une manœuvre dont j'aurai le secret!

— Monsieur, je vais vous le dire, ai-je répondu. Une
jeune personne qui s'estime elle-même avec une juste
fierté avait conçu la crainte que votre recherche ne s'a-
dressât uniquement à sa fortune; elle a voulu s'en assurer :
elle n'en doute plus. J'ai l'honneur de vous saluer.

— Là-dessus, mon ami, je suis allé retrouver ces dames,
qui m'ont, ma foi! sauté au cou. Un quart d'heure après,
M. de Bévallan quittait le château avec mon confrère de
Rennes. Son départ et sa disgrâce ont eu pour effet
inévitable de déchaîner contre lui toutes les langues des
domestiques, et son impudente intrigue avec Mlle Hélouin
a bientôt éclaté. La jeune demoiselle, déjà suspecte à
d'autres titres depuis quelque temps, a demandé son
congé, et on ne le lui a pas refusé. Il est inutile d'ajouter
que ces dames lui assurent une existence honorable... Eh
bien! mon garçon, qu'est-ce que vous dites de tout cela?
Est-ce que vous souffrez davantage? Vous êtes pâle
comme un mort...

La vérité est que ces nouvelles inattendues avaient

soulevé en moi tant d'émotions à la fois heureuses et
pénibles, que je me sentais près de perdre connaissance.

M. Laubépin qui doit repartir demain dès l'aurore, est
revenu ce soir m'adresser ses adieux. Après quelques
paroles embarrassées de part et d'autre : — Ah ça! mon
cher enfant, m'a-t-il dit, je ne vous interroge pas sur ce
qui se passe ici : mais si vous aviez besoin par hasard d'un
confident et d'un conseiller, je vous demanderais la préférence.

Je ne pouvais, en effet, m'épancher dans un cœur plus
ami, ni plus sûr. J'ai fait au digne vieillard un récit
détaillé de toutes les circonstances qui ont marqué, depuis
mon arrivée au château, mes relations particulières avec
Mlle Marguerite. Je lui ai même lu quelques pages de
ce journal pour mieux lui préciser l'état de ces relations,
et aussi l'état de mon âme. A part enfin le secret que
j'avais découvert la veille dans les archives de M. Laroque,
je ne lui ai rien caché.

Quand j'ai eu terminé, M. Laubépin, dont le front était
devenu très-soucieux depuis un moment, a repris la parole :
— Il est inutile de vous dissimuler, mon ami, m'a-t-il dit,
qu'en vous envoyant ici, je préméditais de vous unir avec
Mlle Laroque. Tout a réussi d'abord au gré de mes
vœux. Vos deux cœurs, qui, selon moi, sont dignes l'un
de l'autre, n'ont pu se rapprocher sans s'entendre ; mais ce
bizarre événement, dont la tour d'Elven a été le théâtre
romantique, me déconcerte tout à fait, je vous l'avoue.
Que diantre! mon jeune ami, sauter par la fenêtre, au
risque de vous casser le cou, c'était, permettez-moi de
vous le dire, une démonstration très-suffisante de votre
désintéressement ; il était très-superflu de joindre à cette

démarche honorable et délicate le serment solennel de ne jamais épouser cette pauvre enfant à moins d'éventualités qu'il est absolument impossible d'espérer. Je me vante d'être homme de ressources, mais je me reconnais entièrement incapable de vous donner deux cent mille francs de rente ou de les ôter à Mlle Laroque!

— Eh bien! monsieur, conseillez-moi. J'ai confiance en vous plus qu'en moi-même, car je sens que la mauvaise fortune, toujours exposée au soupçon, a pu irriter chez moi jusqu'à l'excès les susceptibilités de l'honneur. Parlez. M'engagez-vous à oublier le serment indiscret, mais solennel pourtant, qui en ce moment me sépare seul, je le crois, du bonheur que vous aviez rêvé pour votre fils d'adoption?

M. Laubépin s'est levé; ses épais sourcils se sont abaissés sur ses yeux, il a parcouru la chambre à grands pas pendant quelques minutes; puis, s'arrêtant devant moi et me saisissant la main avec force: — Jeune homme, m'a-t-il dit, il est vrai, je vous aime comme mon enfant; mais, dût votre cœur se briser, et le mien avec le vôtre, je ne transigerai pas avec mes principes. Il vaut mieux outre-passer l'honneur que de rester en deçà: en matière de serments, tous ceux qui ne nous sont pas demandés sous la pointe du couteau ou à la bouche d'un pistolet, il ne faut pas les faire, ou il faut les tenir. Voilà mon avis.

— C'est aussi le mien. Je partirai demain avec vous.

— Non, Maxime, demeurez encore quelque temps ici. Je ne crois pas aux miracles, mais je crois à Dieu, qui souffre rarement que nous périssions par nos vertus... Donnons un délai à la Providence... Je sais que je vous demande un grand effort de courage, mais je le réclame formellement de votre amitié. Si dans un mois vous n'avez point reçu de mes nouvelles, eh bien, vous partirez.

Il m'a embrassé, et m'a laissé la conscience tranquille, l'âme désolée.

12 octobre.

Il y a deux jours, j'ai pu sortir de ma retraite et me rendre au château. Je n'avais pas vu Mlle Marguerite depuis l'instant de notre séparation dans la tour d'Elven. Elle était seule dans le salon quand j'y entrai : en me reconnaissant, elle fit un mouvement involontaire comme pour se lever; puis elle resta immobile, et son visage se teignit soudain d'une pourpre ardente. Cela fut contagieux, car je sentis que je rougissais moi-même jusqu'au front. — Comment allez-vous, monsieur? me dit-elle en me tendant la main, et elle prononça ces simples paroles d'un ton de voix si doux, si humble, — hélas! si tendre, — que j'aurais voulu me mettre à deux genoux devant elle. Cependant il fallut lui répondre sur le ton d'une politesse glacée. Elle me regarda douloureusement, puis elle baissa ses grands yeux d'un air de résignation et reprit son travail.

Presque au même instant, sa mère la fit appeler auprès de son grand-père, dont l'état devenait très-alarmant. Depuis plusieurs jours, il avait perdu la voix et le mouvement; la paralysie l'avait envahi presque tout entier. Les

dernières lueurs de la vie intellectuelle s'étaient éteintes ;
la sensibilité persistait seule avec la souffrance. On ne
pouvait douter que la fin du vieillard ne fût proche ; mais
la vie avait pris trop fortement possession de ce cœur
énergique pour s'en détacher sans une lutte obstinée. Le
docteur avait prédit que l'agonie serait longue. Cependant, dès la première apparition du danger, Mme Laroque
et sa fille avaient prodigué leurs forces et leurs veilles
avec l'abnégation passionnée et l'entrain de dévouement
qui sont la vertu spéciale et la gloire de leur sexe. Avant-
hier dans la soirée, elles succombaient à la lassitude et à
la fièvre ; nous nous offrîmes, M. Desmarets et moi, pour
les suppléer auprès de M. Laroque pendant la nuit qui
commençait. Elles consentirent à prendre quelques heures
de repos. Le docteur, très-fatigué lui-même, ne tarda pas
à m'annoncer qu'il allait se jeter sur un lit dans la pièce
voisine. — Je ne suis bon à rien ici, me dit-il ; l'affaire est
faite. Vous voyez, il ne souffre même plus, le pauvre bonhomme !... C'est un état de léthargie qui n'a rien de
désagréable... Le réveil sera la mort... Ainsi on peut être
tranquille. Si vous remarquez quelque changement, vous
m'appellerez ; mais je ne crois pas que ce soit avant demain. Je crève de sommeil, moi, en attendant ! — Il fit
entendre un bâillement sonore, et sortit. Son langage,
sa tenue en face de ce mourant, m'avaient choqué. C'est
pourtant un excellent homme ; mais pour rendre à la mort
le respect qui lui est dû, il ne faut pas voir seulement la
matière brute qu'elle dissout, il faut croire au principe
immortel qu'elle dégage.

Demeuré seul dans la chambre funèbre, je m'assis vers
le pied du lit, dont on avait relevé les rideaux, et j'essayai

de lire à la clarté d'une lampe qui était posée près de moi
sur une petite table. Le livre me tomba des mains : je
ne pouvais penser qu'à la singulière combinaison d'événements qui, après tant d'années, donnait à ce vieillard
coupable le petit-fils de sa victime pour témoin et pour
protecteur de son dernier sommeil. Puis, au milieu du
calme profond de l'heure et du lieu, j'évoquais malgré
moi les scènes de tumulte et de violences sanguinaires
dont avait été remplie cette existence qui finissait. J'en
recherchais l'impression lointaine sur le visage de cet
agonisant séculaire, sur ces grands traits dont le pâle
relief se dessinait dans l'ombre comme celui d'un masque
de plâtre. Je n'y voyais que la gravité et le repos pré-
maturés de la tombe. Par intervalles, je m'approchais
du chevet, pour m'assurer que le souffle vital soulevait
encore la poitrine affaissée.

Enfin, vers le milieu de la nuit, une torpeur irrésistible
me gagna, et je m'endormis, le front appuyé sur ma main.
Tout à coup je fus réveillé par je ne sais quels froissements lugubres ; je levai les yeux, et je sentis passer un
frisson dans la moelle de mes os. Le vieillard s'était
dressé a demi dans son lit, et il tenait fixé sur moi un
regard attentif, étonné, où brillait l'expression d'une vie
et d'une intelligence qui jusqu'à cet instant m'avaient été
étrangères. Quand mon œil rencontra le sien, le spectre
tressaillit ; il étendit ses bras en croix, et me dit d'une
voix suppliante, dont le timbre étrange, inconnu, suspendit
le mouvement de mon cœur :

— Monsieur le marquis, pardonnez-moi !

Je voulus me lever, je voulus parler, ce fut en vain.
J'étais pétrifié dans mon fauteuil.

Après un silence pendant lequel le regard du mourant, toujours enchaîné au mien, n'avait cessé de m'implorer:

— Monsieur le marquis, reprit-il, daignez me pardonner!

Je trouvai enfin la force d'aller vers lui. A mesure que j'approchais, il se retirait péniblement en arrière, comme pour échapper à un contact effrayant. Je levai une main, et l'abaissant doucement devant ses yeux démesurément ouverts et éperdus de terreur:

— Soyez en paix! lui dis-je, je vous pardonne!

Je n'eus pas achevé ces mots, que sa figure flétrie s'illumina d'un éclair de joie et de jeunesse. En même temps deux larmes jaillissaient de ses orbites desséchées. Il étendit une main vers moi, puis tout à coup cette main se ferma violemment et se raidit dans l'espace par un geste menaçant; je vis ses yeux rouler entre ses paupières dilatées, comme si une balle l'eût frappé au cœur. — Oh! l'Anglais! murmura-t-il. — Il retomba aussitôt sur l'oreiller comme une masse inerte. Il était mort.

J'appelai à la hâte: on accourut. Il fut bientôt entouré de pieuses larmes et de prières. Pour moi, je me retirai, l'âme profondément troublée par cette scène extraordinaire, qui devait demeurer à jamais un secret entre ce mort et moi.

Ce triste événement de famille a fait aussitôt peser sur moi des soins et des devoirs dont j'avais besoin pour justifier à mes propres yeux la prolongation de mon séjour dans cette maison. Il m'est impossible de concevoir en vertu de quels motifs M. Laubépin m'a conseillé de différer mon depart. Que peut-il espérer de ce délai? Il me semble qu'il a cédé en cette circonstance à une sorte

13

de vague superstition et de faiblesse puérile qui n'auraient jamais dû ployer un esprit de cette trempe, et
auxquelles j'ai eu tort moi-même de me soumettre. Comment n'a-t-il pas compris qu'il m'imposait, avec un surcroît de souffrance inutile, un rôle sans franchise et sans
dignité ? Que fais-je ici désormais ? N'est-ce pas maintenant qu'on pourrait me reprocher à bon droit de jouer
avec des sentiments sacrés ? Ma première entrevue avec
Mlle Marguerite avait suffi pour me révéler toute la
rigueur, toute l'impossibilité de l'épreuve à laquelle je
m'étais condamné, quand la mort de M. Laroque est
venue rendre pour quelque temps à mes relations un peu
de naturel, et à mon séjour une sorte de bienséance.

26 octobre — Rennes.

Tout est dit. — Mon Dieu ! que ce lien était fort !
comme il enveloppait tout mon cœur ! comme il l'a déchiré en se brisant !

Hier soir, à neuf heures environ, comme j'étais accoudé
sur ma fenêtre ouverte, je fus surpris de voir une faible
lumière s'approcher de mon logis à travers les plus sombres allées du parc, et dans une direction que les gens du
château n'avaient pas coutume de suivre. Un instant
après, on frappa à ma porte, et Mlle de Porhoët entra
toute haletante. — Cousin, me dit-elle, j'ai affaire à vous.

Je la regardai en face. — Il y a un malheur ? dis-je.

— Non, ce n'est pas exactement cela. Vous allez au
reste en juger. Asseyez-vous. — Mon cher enfant, vous

avez passé deux ou trois soirées au château dans le courant de cette semaine : n'avez-vous rien observé de nouveau, de singulier, dans l'attitude de ces dames ?

— Rien.

— N'avez-vous pas au moins remarqué dans leur physionomie une sorte de sérénité inaccoutumée ?

— Peut-être, oui. A part la mélancolie de leur deuil récent, elles m'ont semblé plus calmes, et même plus heureuses qu'autrefois.

— Sans doute. D'autres particularités vous auraient frappé, si vous aviez, comme moi, vécu depuis quinze jours dans leur intimité quotidienne. Ainsi j'ai souvent surpris entre elles les signes d'une intelligence secrète, d'une mystérieuse complicité. De plus leurs habitudes se sont sensiblement modifiées. Mme Laroque a mis de côté son *brasero*, sa guérite et toutes ses innocentes manies de créole ; elle se lève à des heures fabuleuses, et s'installe dès l'aurore avec Marguerite devant la table de travail. Toutes deux se sont prises d'un goût passionné pour la broderie, et s'informent de l'argent qu'une femme peut gagner chaque jour avec ce genre d'ouvrage. Bref, il y avait là une énigme dont je m'évertuais vainement à chercher le mot. Ce mot vient de m'être révélé, et, quitte à entrer dans vos secrets plus avant qu'il ne vous convient, j'ai cru devoir vous le transmettre sans retard.

Sur les protestations d'absolue confiance que je m'empressai de lui adresser, Mlle de Porhoët continua, dans son langage doux et ferme : — Mme Aubry est venue me trouver ce soir en catimini ; elle a débuté par me jeter ses vilains bras autour du cou, ce qui m'a fort déplu ; puis, à travers mille jérémiades personnelles que je vous

épargne, elle m'a suppliée d'arrêter ses parentes sur le
bord de leur ruine. Voici ce qu'elle a appris en écoutant
aux portes, suivant sa gracieuse habitude : ces dames
sollicitent en ce moment l'autorisation d'abandonner tous
leurs biens à une congrégation de Rennes, afin de sup-
primer entre Marguerite et vous l'inégalité de fortune qui
vous sépare. Ne pouvant vous faire riche, elles se font
pauvres. Il m'a semblé impossible, mon cousin, de vous
laisser ignorer cette détermination, également digne de
ces deux âmes généreuses et de ces deux têtes chimé-
riques. Vous m'excuserez d'ajouter que votre devoir est
de rompre ce dessein à tout prix. Quels repentirs il prépare infailliblement à nos amies, de quelle responsabilité
terrible il vous menace, c'est ce qu'il est inutile de vous
dire : vous le comprenez aussi bien que moi à vue du pays.
Si vous pouviez, mon ami, accepter dès cette heure la
main de Marguerite, cela finirait tout le mieux du monde ;
mais vous êtes lié à cet égard par un engagement qui,
tout aveugle, tout imprudent qu'il ait été, n'en est pas
moins obligatoire pour votre honneur. Il ne vous reste
donc qu'un parti à prendre : c'est de quitter ce pays sans
délai et de couper pied résolûment à toutes les espérances
que votre présence ici a pour effet inévitable d'entretenir.
Quand vous ne serez plus là, il me sera plus facile de ramener ces deux enfants à la raison.

— Eh bien ! je suis prêt ; je vais partir cette nuit même.

— C'est bien, reprit-elle. Quand je vous donne ce conseil, mon ami, j'obéis moi-même à une loi d'honneur bien
rigoureuse. Vous charmiez les derniers instants de ma
longue solitude ; les plus doux attachements de la vie,
perdus pour moi depuis tant d'années, vous m'en aviez

rendu l'illusion. En vous éloignant, je fais mon dernier
sacrifice : il est immense. — Elle se leva et me regarda un
moment sans parler. — On n'embrasse pas les jeunes gens
à mon âge, reprit-elle en souriant tristement, on les bénit.
Adieu, cher enfant, et merci. Que le bon Dieu vous soit
en aide ! — Je baisai ses mains tremblantes, et elle me
quitta avec précipitation.

Je fis à la hâte mes apprêts de départ, puis j'écrivis
quelques lignes à Mme Laroque. Je la suppliais de renoncer
à une résolution dont elle n'avait pu mesurer la portée, et
dont j'étais fermement déterminé, pour ma part, à ne point
me rendre complice. Je lui donnais ma parole, — et elle
savait qu'on pouvait y compter, — que je n'accepterais
jamais mon bonheur au prix de sa ruine. En terminant,
pour la mieux détourner de son projet insensé, je lui parlais vaguement d'un avenir prochain où je feignais d'entrevoir des chances de fortune.

A minuit, quand tout fut endormi, je dis adieu, un
adieu cruel, à ma retraite, à cette vieille tour où j'avais
tant souffert, — où j'avais tant aimé ! — et je me glissai
dans le château par une porte dérobée dont on m'avait
confié la clef. Je traversai furtivement, comme un crimi-
nel, les galeries vides et sonores, me guidant de mon
mieux dans les ténèbres ; j'arrivai enfin dans le salon où
je l'avais vue pour la première fois. Elle et sa mère
l'avaient quitté depuis une heure à peine ; leur présence
récente s'y trahissait encore par un parfum doux et tiède
dont je fus subitement enivré. Je cherchai, je touchai la
corbeille où sa main avait replacé, peu d'instants auparavant, sa broderie commencée... Hélas ! mon pauvre cœur !
— Je tombai à genoux devant la place qu'elle occupe, et

là, le front battant contre le marbre, je pleurai, je san-
glotai comme un enfant... Dieu! que je l'aimais!

Je profitai des dernières heures de la nuit pour me
faire conduire secrètement dans la petite ville voisine,
où j'ai pris ce matin la voiture de Rennes. Demain soir,
je serai à Paris. Pauvreté, solitude, désespoir, — que j'y
avais laissés, je vais vous retrouver! — Dernier rêve de
jeunesse, — rêve du ciel, adieu!

Paris.

Le lendemain dans la matinée, comme j'allais me
rendre au chemin de fer, une voiture de poste entra dans
la cour de l'hôtel, et j'en vis descendre le vieil Alain. Son
visage s'éclaira quand il m'aperçut. — Ah! monsieur, quel
bonheur! vous n'êtes point parti! voici une lettre pour
vous. — Je reconnus l'écriture de Laubépin. Il me disait
en deux lignes que Mlle de Porhoët était gravement
malade, et qu'elle me demandait. Je ne pris que le temps
de faire changer les chevaux, et je me jetai dans la chaise,
après avoir décidé Alain, non sans peine, à y prendre
place en face de moi. Je le pressai alors de questions.
Je lui fis répéter la nouvelle qu'il m'apprit, et qui me
semblait inconcevable. Mlle de Porhoët avait reçu la
veille, des mains de Laubépin, un pli ministériel qui lui
annonçait qu'elle était mise en pleine et entière possession de l'héritage de ses parents d'Espagne. — Et il paraît,
ajoutait Alain, qu'elle le doit à monsieur, qui a découvert
dans le colombier de vieux papiers auxquels personne ne

songeait, et qui ont prouvé le bon droit de la vieille
demoiselle. Je ne sais pas ce qu'il y a de vrai là-dedans;
mais, si ça est, dommage, me suis-je dit, que cette respectable personne se soit mis en tête ses idées des cathédrale, et qu'elle n'en veuille pas démordre,... car notez
qu'elle tient plus que jamais, monsieur... D'abord, au reçu
de la nouvelle, elle est tombée raide sur le parquet, et on
l'a crue morte; mais une heure après elle s'est mise à
parler sans fin ni trêve de sa cathédrale, du chœur et de
la nef, du chapitre et des chanoines, de l'aile nord et l'aile
sud, si bien que pour la calmer il a fallu lui amener un
architecte et des maçons, et mettre sur son lit tous les
plans de son maudit édifice. Enfin, après trois heures de
conversation là-dessus, elle s'est un peu assoupie; puis, en
se réveillant, elle a demandé à voir monsieur,... monsieur
le marquis (Alain s'inclina en fermant les yeux), et on m'a
fait courir après lui. Il paraît qu'elle veut consulter monsieur sur le jubé.

Cet étrange événement me jeta dans une profonde surprise. Cependant, à l'aide de mes souvenirs et des détails
confus qui m'étaient donnés par Alain, je parvins à en
trouver une explication que des renseignements plus
positifs devaient bientôt me confirmer. Comme je l'ai
dit, l'affaire de la succession de la branche espagnole des
Porhoët avait traversé deux phases. Il y avait eu d'abord
entre Mlle de Porhoët et une grande maison de Castille
un long procès que ma vieille amie avait fini par perdre
en dernier ressort; puis un nouveau procès, dans lequel
Mlle de Porhoët n'était pas même en cause, s'était élevé,
au sujet de la même succession, entre les héritiers espa-
gnols et la couronne, qui prétendait que les biens lui

étaient dévolus par droit d'aubaine. Sur ces entrefaites, tout en poursuivant mes recherches dans les archives des Porhoët, j'avais mis la main, deux mois environ avant mon départ du château, sur un pièce singulière dont je reproduis ici le texte littéral:

" Don Philippe, par la grâce de Dieu, roi de Castille, de Léon, d'Aragon, des Deux-Siciles, de Jérusalem, de Navarre, de Grenade, de Tolède, de Valence, de Galice, de Maïorque, de Séville, de Sardaigne, de Cordoue, de Cadix, de Murcie, de Jaën, des Algarves, d'Algésiras, de Gibraltar, des îles Canaries, des Indes orientales et occidentales, îles et terres fermes de l'Océan, archiduc d'Autriche, duc de Bourgogne, de Barband et de Milan, comte d'Habsbourg, de Flandre, du Tyrol et de Barcelone, seigneur de la Biscaye et de Molina, etc.

" A toi, Hervé Jean Jocelyn, sieur de Porhoët Gaël, comte de Torres Nuevas, etc., qui m'as suivi dans mes royaumes et servi avec une fidélité exemplaire, je promets par faveur spéciale qu'en cas d'extinction de ta descendance directe et légitime, les biens de ta maison retourneront même au détriment des droits de ma couronne, aux descendants directs et légitimes de la branche française des Porhoët Gaël tant qu'il en existera.

" Et je prends cet engagement pour moi et mes successeurs sur ma foi et parole de roi.

" Donné à l'Escurial le 10 avril 1716.

" Yo el REY."

A côté de cette pièce, qui n'était qu'une copie traduite, j'avais trouvé le texte original aux armes d'Espagne. L'importance de ce document ne m'avait pas échappé, mais j'avais craint de me l'exagérer. Je doutais grandement que la validité d'un titre, sur lequel tant d'années et d'événements avaient passé, fût admise par le gouvernement espagnol : je doutais même qu'il eût le pouvoir d'y faire droit, quand il en aurait la volonté. Je m'étais donc décidé à laisser ignorer à Mlle de Porhoët une découverte dont les conséquences me paraissaient très-problématiques, et je m'etais borné à expédier le titre à M. Laubépin. N'en recevant aucune nouvelle, je n'avais pas tardé à l'oublier au milieu des soucis personnels qui m'accablaient alors. Cependant, contrairement à mon injuste défiance, le gouvernement espagnol n'avait pas hésité à dégager la parole du roi Philippe V, et au moment même où un arrêt suprême venait d'attribuer à la couronne la succession immense des Porhoët, il la restituait noblement à l'héritier légitime.

Il était neuf heures du soir quand je descendis de voiture devant le seuil de l'humble maisonnette où cette fortune presque royale venait d'entrer si tardivement. La petite servante vint m'ouvrir. Elle pleurait. J'entendis aussitôt sur le haut de l'escalier la voix grave de M. Laubépin qui dit : — C'est lui ! — Je gravis les degrés à la hâte. Le vieillard me serra la main fortement, et m'introduisit, sans prononcer une parole, dans la chambre de Mlle de Porhoët. Le médicin et le curé du bourg se tenaient silencieux dans l'ombre d'une fenêtre. Mme Laroque était agenouillée sur une chaise près du lit ; sa fille, debout près du chevet, soutenait les oreillers sur lesquels reposait la tête pâle de ma pauvre vieille amie. Lorsque la malade m'aperçut, un faible sourire passa sur ses traits, profondément altérés; elle dégagea péniblement un de ses bras. Je pris sa main, je tombai à genoux, et je ne pus retenir mes larmes. — Mon enfant! dit-elle, mon cher enfant! — Puis elle regarda fixement M. Laubépin. Le vieux notaire prit alors sur le lit un feuillet de papier, et paraissant continuer une lecture interrompue :

"A ces causes, dit-il, j'institue par ce testament autographe pour légataire universel de tous mes biens tant en Espagne qu'en France, sans aucune réserve ni condition, Maxime-Jacques-Marie Odiot, marquis de Champcey d'Hauterive, noble de cœur comme de race. Telle est ma volonté.

"JOCELYNDE-JEANNE, comtesse de PORHOET GAEL."

Dans l'excès de ma surprise, je m'étais levé avec une sorte de brusquerie, et j'allais parler, quand Mlle de Porhoët, retenant doucement ma main, la plaça dans la main de Marguerite. A ce contact soudain, la chère créature tréssaillit; elle pencha son jeune front sur l'oreiller funèbre, et murmura en rougissant quelques mots à l'oreille de la mourante. Pour moi, je ne pus trouver de paroles : je retombai à genoux, et je priai Dieu. Quelques minutes s'étaient écoulées au milieu d'un silence solennel, quand Marguerite me retira sa main tout à coup, et fit un geste d'alarme. Le docteur s'approcha à la hâte: je me levai. La tête de Mlle de Porhoët s'était affaissée subitement en arrière : son regard était fixe, rayonnant et tendu vers le

ciel; ses lèvres s'entr'ouvrirent, et, comme si elle eût parlé
dans un rêve :—Dieu! dit-elle; Dieu bon! je la vois,...
là-haut!... Oui,... le chœur,... les lampes d'or,.., les vi-
traux,... le soleil partout!... Des anges à genoux devant
l'autel,... en robes blanches;... leurs ailes s'agitent...
Dieu! ils sont vivants!—Ce cri s'éteignit sur sa bouche,
qui demeura souriante : elle ferma les yeux, comme si elle
s'endormait, et soudain un air d'immortelle jeunesse
s'étendit sur son visage, qui devint méconnaissable.

Une telle mort, couronnant une telle vie, porte en soi
des enseignements dont je voulus remplir mon âme jusqu'au fond. Je priai qu'on me laissât seul avec le prêtre
dans cette chambre. Cette pieuse veille, je l'espère, ne
sera pas perdue pour moi. Sur ce visage empreint d'une
glorieuse paix, et où semblait vraiment errer je ne sais
quel reflet surnaturel, plus d'une vérité oubliée ou douteuse
m'apparut avec une évidence irrésistible. Ma noble et
sainte amie, je savais assez que vous aviez eu la vertu du
sacrifice : je voyais que vous en aviez reçu le prix !

Vers deux heures après minuit, succombant à la fatigue,
je voulus respirer l'air pur un moment. Je descendis
l'escalier au milieu des ténèbres, et j'entrai dans le jardin,
en évitant de traverser le salon du rez-de-chaussée, où
j'avais aperçu de la lumière. La nuit était profondément
sombre. Comme j'approchais de la tonnelle qui est au
bout du petit enclos, un faible bruit s'éleva sous la charmille; au même instant, une forme indistincte se dégagea
du feuillage. Je sentis un éblouissement soudain, mon
cœur se précipitait, je vis le ciel se remplir d'étoiles.—
Marguerite! dis-je en étendant les bras.—J'entendis un

léger cri, puis mon nom murmuré à demi-voix, puis rien,...
et je sentis ses lèvres sur les miennes. Je crus que mon
âme m'échappait !

. . . .

. . . .

J'ai donné à Hélène la moitié de ma fortune. Marguerite est ma femme. Je ferme pour jamais ces pages. Je
n'ai plus rien à leur confier. On peut dire des hommes
ce qu'on a dit des peuples : Heureux ceux qui n'ont pas
d'histoire !

TESTIMONIALS.

New York, February, 1865.

I have used "Otto's French Grammar" since its publication, and consider it the best book on the subject. It is based on the most modern grammars published in Paris; it is thorough, and full of idiomatical expressions that can be found in no other work.

LUCIEN OUDIN, A.M.
Instructor of the French Language, N.Y. Free Academy.

I have used "Otto's German Grammar." I consider it a very good book; its abundant vocabularies, and its fulness in idioms, are especially useful. The appendix, also, is very valuable, containing, as it does, some of the most popular and characteristic German poems, which may be turned to many uses.

Feb. 1, 1865. ADOLPH WERNER,
Professor of German, New-York Free Academy.

WASHINGTON UNIVERSITY ST. LOUIS, JAN. 2, 1865.

Mr. S. R. URBINO,

DEAR SIR, — It gives me great pleasure to inform you that I have introduced your edition of "Otto's German Grammar" in my classes in this University, and that I regard it as the very best German grammar, for school purposes, that has thus far come to my notice. Your German editions of the "Immensee," "Vergiss-meinnicht," and "Irrlichter," are great favorites among my pupils; and your "College Series of Modern French Plays," edited by Mr. Ferdinand Bôcher of Harvard College, I regard as very useful for the recitation-room, and for private reading.

Yours very truly,

B. L. TAFEL, *Ph. D.*

Professor of Modern Languages and Comparative Philology in Washington University.

I use "Otto's French and German Grammar" at our College and the Collegiate School, and can confidently recommend it to all similar institutions.

OCTOBER, 1864.   H. STIEFELHAGEN,
Professor Modern Languages at King's College, Windsor, Nova Scotia.

I have examined many works designed for pupils studying the French Language, and among them consider "Otto's French Conversation Grammar," revised by Bôcher, superior to any other. I use it in my classes, and take pleasure in recommending it as admirably adapted for the purpose.

A. WERTHEIM,
Professor of Modern Languages at the University, Louisville, Kentucky.

Among many works designed for pupils studying the German language, I consider "Otto's German Conversation Grammar" superior to any other. I use it in my classes, and take great pleasure in recommending it as the best work which has yet been published for the use of schools.

A. WERTHEIM,
Professor of Modern Languages, Louisville, Ky.

BOSTON, March, 1865.

Mr. URBINO, Boston.

MY DEAR SIR, — "Otto's French Grammar" revised by Prof. F. Bôcher, is the best Instructor ever published; at present, it surpasses Fasquelle and the Ollendorf System, by its simplicity. It has the advantage of telling, in one page, what the others require three or four to express. The rules for the pronunciation do honor to the reviser; besides, the lessons are so well placed, and so progressive, that they bring the student into the difficulties of our language with very little exertion. At last, permit me to thank you for taking, by this publication, the most tedious part of our labor as teacher. It is so clear, that any one could teach the French Language without difficulty.

I remain, Sir, yours,

P. J. BORIS,
Professor of French Language,
18, Boylston Place, Boston.

MARLBORO', Mass., April 9, 1866

S. R. URBINO, Esq.

DEAR SIR, — I used Otto's Grammar in two classes at Edgartown High School, — one class quite advanced. The testimonial of Mr. Hunt and others expresses my sentiments, and you may use my name if you choose.

Yours truly,

A. H. WENZEL,

Principal of Marlboro' High School, late Principal of Edgartown High School.

———

WOBURN, April 12, 1866.

Mr. URBINO.

DEAR SIR, — The opinion of Messrs. Hunt and others with respect to the merits of Otto's French Grammar, I indorse in full.

Yours truly,

THOMAS EMERSON.

Master of Woburn High School.

———

S. R. URBINO, Esq.

MY DEAR SIR, — I am now using Otto's French Grammar, revised by Prof. Bôcher ; and, so far as we have advanced, I am better pleased with it than with any other work of the kind which I have previously used.

Yours truly,

GEORGE N. BIGELOW.

Principal.

STATE NORMAL SCHOOL, FRAMINGHAM,
April 16, 1866.

———

BOSTON, April 16.

Mr. URBINO.

DEAR SIR, — I have used Otto's French Grammar for several years in all my schools, and find it much superior to all those which I have as yet seen, for the simplicity and clearness with which the rules are explained.

I am happy to say, also, that your series of French Comedies and your other French books can be highly recommended for school and private reading : they are well selected.

Yours truly,

O. BESSAU.

New Haven, Conn., April, 1866.

S. R. Urbino, Esq.

Dear Sir, — I thank you for the specimens of your French and German series, which you have been kind enough to send me from time to time. You are doing, as it appears to me, a real service to the study of these two languages, especially of the German, in our country, by putting at reasonable prices so excellent editions of classical and unexceptionable texts within the easy reach of teachers and scholars. I have used several of them in my classes, and can heartily recommend them to instructors of pupils of every grade.

I am, sir, very respectfully,

Your obedient servant,

WILLIAM D. WHITNEY,

Prof. of Sanscrit and Instructor in Modern Languages at Yale College.

Otto's French Conversation Grammar. Revised by Ferdinand Bôcher. Boston: S. R. Urbino.

It is with great pleasure that we direct the attention of all lovers of the French language to this publication. . . . It is particularly fit for a text-book in our schools, for the following reasons : 1, It is short, without being superficial. 2, It is logically arranged. 3, Its course of instruction is a progress, in a natural gradation, from the easy to the difficult. 4, Theory and practice go hand in hand. 5, Its outside appearance does credit to the publishers. — *Michigan Teacher*, May, 1866.

Bates College, June 9, 1866.

S. R. Urbino, Esq.

Dear Sir, — Will you allow me to thank you for calling my attention to Otto's French Grammar, edited by Prof. Bôcher? We have used it thus far this year with entire satisfaction. It will be but simple justice to award it the first place as a text-book for mature students, at least among all with which I am acquainted, whether published in this country or in Europe. Its chapter on Pronunciation is surpassingly complete and practical.

Gratefully yours,

B. F. HAYES.

TRINITY COLLEGE, December, 1864.

Mr. S. R. URBINO, Boston.

I have used "Otto's German Grammar" since you issued the first edition, and like the method better than any other. We use it in all the Institutions in Hartford where the German is taught, and the pupils learn with rapidity, and like their Instruction book.

I have also used the French and Italian Grammars based on the same method, your "College Series of Modern French Plays," and your other French publications, and recommend their use in Colleges and Schools.

Respectfully yours,

L. SIMONSON.

I have used "Otto's French Grammar" revised by Prof. Bôcher, ever since it was published. To say that it is superior to Ollendorf's Method, and Fasquelle's, it is not to say much. But I think it is better than most Grammars introduced into this country, though coming to us with far less claims and pretensions than them all.

BOSTON, March 28.   J. B. TORRICELLI.

STATE NORMAL SCHOOL,
FRAMINGHAM, Mass., March 25, 1865.

S. R. URBINO, Esq.

MY DEAR SIR, — I have used "Otto's German Grammar," and prefer it to any other book of the kind with which I am acquainted.

Yours truly,

GEO. N. BIGELOW.

ST. LOUIS, May 15, 1865.

Mr. S. R. URBINO, Boston.

I take pleasure in recommending "Otto-Bôcher French Conversation Grammar." It combines the practical with the theoretic, and is so arranged as to make the acquisition of the French language easy and pleasant to the student. Its adoption in my classes has given entire satisfaction.

M. GIBERT,
Instructor in French at the Mary Institute

ENGLISH HIGH SCHOOL,
BOSTON, March 31, 1866.

Mr. URBINO.

DEAR SIR, — After a six months' trial, we conclude that Otto's French Grammar, revised by Bôcher, is superior in all respects to any other of which we have knowledge.

Very respectfully yours,

E. HUNT,
WILLIAM NICHOLS, Jr.,
ROBERT EDWARD BABSON,
THOMAS SHERWIN, Jr.,
Teachers in English High School.

I fully and emphatically indorse the above opinion respecting Otto's French Grammar.

JOHN D. PHILBRICK,
Superintendent of Public Schools

———

STATE NORMAL SCHOOL.
SALEM, Mass, April 3, 1866.

S. R. URBINO, Esq.

MY DEAR SIR, — We are using in our school several of your publications with much satisfaction. This is especially the case with Otto's French Grammar. As a class text-book, this grammar is, in my opinion, the best in the market.

For the excellence of your school-books, both as to matter and typographical beauty, you richly merit the gratitude of teachers and pupils.

Yours truly,

D. B. HAGAR.

———

CAMBRIDGE, April 6, 1866.

Mr. S. R. URBINO.

DEAR SIR, — *Otto's French Grammar,* revised by Bôcher, which we have been trying with a class in our "shorter course of study," has been adopted for all our French classes, in place of Fasquelle's book. We can heartily indorse the testimonial from the teachers in the Boston High School.

Yours truly,

W. J. ROLFE,
Master of Cambridge High School.

DICTATION EXERCISES. By E. M. SEWELL, auther of "Amy Herbert," and by L. B. URBINO. Boston: S. R. URBINO.

"We are already deeply indebted to Miss Sewell, and this little book adds one item more to the list of valuable books which she has furnished to us and our children. This is emphatically a school-book with a soul in it, and we think nothing can exceed the skill and ingenuity with which these exercises are drawn up. No teacher can glance at it without at once perceiving its importance to him: and in our opinion, in the teaching and spelling, it has not its equal.— *Transcript.*

DICTATION EXERCISES. By E. M. SEWELL and L. B. URBINO. (pp. 174.) Boston: S. R. URBINO.

"Bad spelling is so common, in spite of all our schools. that it is worth the while even of an accomplished writer like the author of 'Amy Herbert' to prepare a good spelling-book; for such is the volume before us.

"It is arranged, however, on a plan so novel, in English, as to deserve special attention. The words are arranged in continuous, though rather comical, sentences, which are to be written down, from dictation, by the learner. The lessons are progressive, and cannot fail to interest more than the old columns of disconnected words. It is well printed by Mr. Urbino." — *Commonwealth*

If a child of average capacity, that has been drilled in an ordinary spelling-book, and then subjected to a course of lessons in this book of Dictation Exercises, cannot spell correctly the words of the language, it would prove, what I do not believe, that correct spelling *cannot* be attained by *all* pupils, by seasonable *study* and *drill.* I believe that every public and private school in America would be greatly benefited by using this valuable treatise.

Very truly yours,

WILLIAM E. SHELDON.

VASSAR FEMALE COLLEGE,
POUGHKEEPSIE, N.Y., April 19, 1866.

Mr. URBINO.

DEAR SIR, — I am now using many of your publications in this college, of which I am particularly pleased with the German and Italian Grammars, and with Bôcher's College Series of French Plays. Otto's German Grammar, I regard as a model of scholarly thoroughness and practical utility; and the other works of your list, as far as I have examined them, recommend themselves, not only by the beauty of their mechanical execution, but also by the intrinsic merit of their redaction.

Very truly yours,

W. I. KNAPP,
Professor of Ancient and Modern Languages and Literature.

———

STATE UNIVERSITY OF MICHIGAN,
April 20, 1866.

I HAVE adopted Otto's German Conversation Grammar as a text-book in this University, and have no hesitation in recommending it as by far the best grammar of the German language published in this country. No other work with which I am acquainted presents such a happy combination of what are called the Analytic and Synthetic methods of instruction. The statement of principles is clear and philosophical; and the examples which illustrate the niceties of their application are all that could be desired. The French Grammar, by the same author, is similar in plan, and possesses equal excellences.

I have examined the standard educational works for the study of foreign languages, published by S. R. Urbino, and take pleasure in recommending them to all students of the languages and literatures of Europe. They are well selected, amply elucidated by English notes, and, in convenience of form and excellence of typography, are all that could be desired.

E. P. EVANS,
Professor of Modern Languages and Literature.

———

S. R. URBINO, PUBLISHER,
14 Bromfield Street, Boston.

S. R. URBINO'S CATALOGUE

OF

STANDARD EDUCATIONAL WORKS

For the Study of Foreign Languages.

Readers will confer a favor on the Publisher by notifying him of any errors that may be found in any of his works.

FRENCH.

Otto's French Conversation Grammar. Thoroughly revised by FERDINAND BÔCHER, Professor of Modern Languages at the Massachusetts Institute of Technology. Thirtieth edition. 12mo. Cloth $1.75

French Reader to the above. By F. BÔCHER. With Notes and Vocabulary. 1.50

L'Instructeur. A practical Introductory French Grammar. By L. BONCŒUR. 12mo. Boards 0.75

Lucy: Familiar Conversations in French and English. 12mo. Cloth 0.75

Hamilton, Smith, and Legros' French and English and English and French Dictionary. 2 vols. bound in one. Half binding 9.50

Contes. Par Mmes. DE SEGUR et CARRAUD. With Notes 1.00

Le Petit Robinson de Paris. Par E. FOA. Avec Vocabulaire. 12mo. Paper, 60 cents; cloth 0.90

Contes Biographiques. Par E. FOA. Avec Vocabulaire. 12mo. Paper, 75 cents; cloth 1.00

Pour une Epingle. Par J. T. DE ST. GERMAIN. Avec Vocabulaire. Paper, 50 cents; cloth 0.75

Le Clos-Pommier, par A. ACHARD; and Les Prisonniers du Caucase. 12mo. Paper, 60 cents; cloth 0.75

Le Clos-Pommier, 40 cents; Les Prisonniers 0.30

Le Roman d'un Jeune Homme Pauvre. Par O. FEUILLET. 12mo. Paper, 75 cents; cloth 1.25

Le Conscrit de 1813. Par ERCKMANN-CHATRAIN. With Notes by Professor FERDINAND BÔCHER. Paper, 75 cents; cloth 1.25

La Petite Fadette. Par G. SAND. With Notes by Professor FERDINAND BÔCHER. Paper, 75 cents; cloth 1.25

Les Nouvelles Genevoises. Par TOPFFER. 12mo. Paper 1.12

Cinq-Mars; ou, Une Conjuration sous Louis XIII. Par A. DE VIGNY. 12mo. Paper 1.25

De l'Allemagne. Par MADAME DE STAEL. Paper 1.35

Les Princes de l'Art: Biographies des Peintres, &c. 1.50

Fables de Lafontaine. Illustrated 0.75

New Year's Day. With Vocabulary. For translation into French. Second edition. 12mo. Paper 0.25

Key to New Year's Day 0.25

Ancient History, by L. FLEURY, with Notes, for translation into French . . 0.90

The Translator. English into French. With Notes by Prof. GASC and others 1.25

MODERN FRENCH COMEDIES.

———•———

La Cagnotte. Par MM. E. LABICHE et A. DELACOUR $0.30
Le Village. Par O. FEUILLET 0.25
Les Femmes qui Pleurent. Par MM. SIRAUDIN et THIBOUST 0.25
Les Petites Miseres de la Vie Humaine. Par M. CLAIRVILLE . . . 0.25
La Niaise de Saint Flour. Par BAYARD et LEMOINE 0.25

WITH VOCABULARIES.

Trois Proverbes. Par TH. LECLERQ 0.30
Valerie. Par SCRIBE. 0.30
Le Collier de Perles. Par MAZERES 0.30

———•———

PLAYS FOR CHILDREN, WITH VOCABULARIES.

La Petite Maman; par Mme. de M. Le Bracelet. 12mo. Paper   0.25
La Vieille Cousine; par E. SOUVESTRE. Les Ricochets. Paper.   0.25
Le Testament de Madame Patural; par E. SOUVESTRE. La
   Demoiselle de St. Cyr; par LA COMTESSE DROHOYOWSKA. Paper . 0.25
La Loterie de Francfort; par SOUVESTRE. La Jeune Savante; par
   Mme. CURO. Paper 0.25

Together in one volume, $1.00.

———•———

COLLEGE SERIES OF MODERN FRENCH PLAYS,

WITH ENGLISH NOTES, BY PROFESSOR FERDINAND BÔCHER.

12mo. Paper.

   I. La Joie Fait Peur. Par Madame de GIRARDIN 0.30
  II. La Bataille de Dames. Par SCRIBE et LEGOUVÉ 0.40
 III. Le Maison de Penarvan. Par JULES SANDEAU 0.40
  IV. La Poudre aux Yeux. Par MM. LABICHE et MARTIN 0.40
   V. Les Petits Oiseaux. Par MM. LABICHE et DELACOUR . . . 0 40
  VI. Mademoiselle de la Seigliere. Par J. SANDEAU 0.40
 VII. Le Roman d'un Jeune Homme Pauvre. Par O. FEUILLET . 0.40
VIII. Les Doigts de Fee. Par E. SCRIBE . . . . (40
  IX. Jean Baudry. Par A. VACQUERIE 40

   Vol. I. (I. to IV.), bound in cloth $1.50
   Vol. II. (V. to VIII.), ,, ,, ,, ... 1.75

In Preparation,

COLLEGE SERIES OF FRENCH CLASSIC PLAYS.

GERMAN

Otto's German Conversation Grammar. By Rev. Dr. E. Otto. Sixteenth Revised Edition. 1 vol. 12mo. Cloth **$1.75**

Reader to the above. With Notes and complete Vocabulary. By E. P. Evans, Professor of Modern Languages at the University of Michigan . . . 1.50

Introductory Grammar. By E. C. F. Krauss. Third edition. 12mo . . 0.90

Kohler's German-English Dictionary. Large octavo, half morocco . . 4.50

Die Braune Erika. Von Wm. Jensen. With Notes by Prof. E. P. Evans . 0.50

Immensee. Novelle von Th. Storm. With English Notes 0.40

Der Gefangene von Chillon. Von M. Hartmann 0.40

Das Kind und der Landschaftsmaler. Von H. Grimm 0.40

Kiukan Voss. Von Th. Mugge 0.40

Signa die Seterin. Von Th. Mugge 0.40

Undine. Ein Marchen von De La Motte Fouqué. With Vocabulary . . . 0.50

Goethe. Faust. With English Notes. Paper, 75 cents; cloth 1.00

Goethe. Iphigenie auf Tauris. With English Notes by E. C. F. Krauss 0.40

Goethe. Herrman und Dorothea. With English Notes „ „ „ 0.40

Schiller. Maria Stuart. With English Notes by Krauss. Paper. . . . 0.50

Schiller. Wilhelm Tell. With English Notes. Paper 0.50

Schiller. Wallenstein's Lager. With English Notes. Paper . . . 0.38

Schiller. Die Piccolomini. With English Notes. Paper 0.40

Schiller. Wallenstein's Tod. English Notes. Paper 0.50

Schiller. Wallenstein. Cloth 1.25

Einer Muss Heirathen, von Wilhelmi; and **Eigensinn,** von Benedix 0.40

Goerner. Englisch, ein Lustspiel. With English Notes 0.40

Anderson, H. Ch. Die Dryade 0.40

Lessing. Emilia Gallotti 0.40

ITALIAN.

L. B. Cuore. Italian Grammar. Fourth edition. 12mo. Cloth . . . 1.75

Key to Cuore's Italian Grammar 0.75

I Promessi Sposi. With English Notes 1.75

MISCELLANEOUS.

Dictation Exercises. By Miss Sewell; enlarged by L. B. Urbino. Fourth edition. 16mo. Boards 0.60

Bremiker's Six-Place Logarithm and Trigonometrical Tables. With an Introduction and Explanations by J. D. Runkel, Professor of Mathematics in the Massachusetts Institute of Technology, Boston. 2.50

Fifteen Charts of the Natural History of the Animal Kingdom. By Professor J. H. Von Schubert, of Munich. Divided into *Five Charts Mammalia*, 30 plates, with 159 colored illustrations; *Five Charts Birds*, 80 plates, with 195 colored illustrations; *Five Charts Amphibia, Fish, Crustacea, Insects*, &c., &c., 30 plates, with 342 colored illustrations 24.00

These Charts, which have been introduced into the Public Schools of Boston, have large lifelike illustrations, representing nature as nearly as possible. They are the finest and cheapest in the market, and recommend themselves for object teaching.

Explanatory Text to the above, revised and corrected by Samuel Kneeland, A.M., MD., Instructor of Zoölogy in the Massachusetts Institute of Technology 0.50

Mineralogy Illustrated. By Prof. v. Kurr. 24 plates, with 609 illustrations 7.00

Natural History of the Animal Kingdom. 90 plates, 696 illustrations 9.00

The Grammars, and various other works in this list, are used in Harvard University, Michigan University, New York Free Academy, Vassar Female College, &c., &c.

These series will be continued Complete Catalogue sent on application.

S. R. URBINO, Publisher,
14 Bromfield Street, Boston.

going becomes

floors –